Sandra Wöhe, *Fünf Jahre danach*

Sandra Wöhe

Fünf Jahre danach

Roman

konkursbuch
Verlag Claudia Gehrke

So, Schwesterchen, »Fünf Jahre danach« widme ich dir. Und den Alphaleserinnen, die sich nicht zu sehr wundern sollen, dass der Roman dann doch so anders geworden ist.

Nein.« Beate erschrak über ihre Lautstärke. Nein. Ihr eigenes Flüstern hielt sie zurück, gerade noch. Dann schlug sie doch mit der Faust auf den Tisch.

Ijana lachte.

Beate hätte ihr zu gerne die Wasserflasche auf den Kopf geschlagen.

Die beiden Frauen saßen in einem gut besuchten Straßencafé gegenüber von Sant'Agata. Es war früher Vormittag. Die Sonne strahlte, der Springbrunnen neben der Kapelle plätscherte.

»Was du mir da vorschlägst, kannst du dir in die Haare schmieren. In jede einzelne deiner verdammten Kräusellocken.«

»Ach, Bea. Solche Locken hattest du auch mal.« Ijana hob ihr Glas. »Salute, mia cara. Wie lange es hat gedauert, bis sie glatt wie Spaghetti waren?«

Sie weiß genau, dass ich nie Locken hatte. So cool, wie sie tut, ist sie doch gar nicht, dachte Beate.

»Ich verstehe das nicht, Bea. Das wäre es doch. Wäre doch perfetto.«

Nein, wäre es nicht. Aber es großartig eingefädelt, das hat sie. Lädt mich harmlos zu sich nach Italien ein. Wenigstens ist hier das Wetter schön. Zu Hause regnet es. Typisch Zürcher Herbst. Diese langen nassen Oktoberwochen. Die Einladung kam mir gerade recht. Koffer gepackt und los.

»Fühlst du dich nicht wohl bei mir? Ist dir mein Bett zu hart? Dann nehmen wir eine andere Matratze.«
Beate schüttelte den Kopf.

Das Bett ist es wahrhaftig nicht. Aber wie konnte ich ahnen, was Ijana von mir will? Nun sitze ich hier im Café wie auf dem Präsentierteller im Land des Sehen-und-Gesehen-Werdens. Der Tag fängt an und alle Welt beobachtet, wie ich mich bekleckere. Die Kaffeetasse ist mir in der Hand immer schwerer geworden. Kann meine Augen nur noch mit Mühe aufhalten.

»Wie oft soll ich das denn noch erklären?« Beate stellte die Tasse ab. »Du weißt es doch, Ijana.«
Seit knapp drei Jahren kannten sie sich. Waren sie Freundinnen? Beate zweifelte.
»No. Ich weiß nicht. Erklär es mir noch einmal, meine liebste Freundin. Vielleicht verstehe ich es dann.«
Meine Freundin? Meine liebste Freundin? Beate gab einen verächtlichen Laut von sich.

Gute Bekannte sind wir, in gewisser Hinsicht Freundinnen, mehr nicht. Ijana sollte sich, verdammt noch mal, um ihren eigenen Kram kümmern und nicht darum, was ich ihrer Meinung nach zu tun habe.
»Glaub mir, ich will es nur verstehen.«

Bremsen quietschten. Beate sah zur Straße. Ein alter Fiat wurde in eine zu enge Parklücke bugsiert. Knutschkugel haben wir das Modell damals genannt, dachte sie. Kaum Platz drin, höchstens zum Knutschen. Alles andere musste warten. Der erste Kuss, an den ich mich erinnere. Fast vierzig Jahre ist das her.
»Ecco, Signora.« Die Kellnerin kam mit einem beladenen Tablett an den Tisch. »Prego, due caffè. E il toast.«
Ijana griff nach dem Zuckertütchen. »Grazie.« Sie rührte in der Tasse. »Und?«
Beate zuckte mit der Schulter und schwieg.
»Sag schon den Grund.« Ijana lächelte.
Boshaft kam es Beate vor.
»Sag mir den Grund! Ist es nur die Angst?« Sie biss in den Toast.
Nur, dachte Beate und betrachtete Ijanas Kurzhaarschnitt, in dem sich ein Sonnenstrahl verfing. Ihr glänzendes Haar würde sich in eine Strohschütte verwandeln, investierte Ijana nicht erhebliche Summen für die Pflege.
»Ich warte. Dein Grund, mein Angsthase?«
Ich hätte es wissen müssen. Keine Frau der Welt gibt so schnell klein bei. Nicht nach einer Chemotherapie. Meine eigene Diagnose ist schon länger her. Fünf Jahre waren es im Frühjahr. Sechzig Monate.
»Wie lange ist es bei dir her?«, fragte Beate.
Behutsam legte Ijana den Toast auf den Teller und rieb ihre Finger an der Serviette. Dann hob sie die Hand. Zwei Finger waren gereckt, das große V für Sieg.
»Zwei Jahre? Bist du sicher?« Beate flüsterte fast.

Kleine Schweißperlen sammelten sich auf Ijanas Stirn, ihre Finger zitterten. Sie schluckte. »Hast du auch so viel vergessen?«
»Ich musste ganz von vorn anfangen. Und ich weiß nicht mehr, wo das ist.«
»Die Zeit rast schneller, als ich mich erinnern kann.« Ijana stopfte ihre Serviette unter den Tellerrand. »Ich renne der Erinnerung hinterher. Und vergesse dabei noch mehr.«

Sie werden vergessen, hat die Onkologin zu mir gesagt, als ich mich kaum aufrecht halten konnte und durch ihre Praxis taumelte. Auf allen Vieren war ich damals durch meine Wohnung gekrochen. Wie gerne wäre ich im Bett liegen geblieben, habe trotzdem immer wieder versucht, das Bad noch rechtzeitig zu erreichen. Wie ein wildes Tier aus dem Dunkel überfiel mich die Übelkeit. Die Wucht hat mir fast den Verstand geraubt. So schnell wie die Bestie über mich gekommen war, verschwand sie wieder, bis zum nächsten Überfall. Sie werden vergessen. Der weiche Tonfall der Frau Doktor Matter gab mir das Gefühl, sie vertraue mir ein intimes Geheimnis an. Nicht alles, aber sehr vieles werden Sie vergessen, glauben Sie mir das, Frau Berthold. Das weiß ich noch, ich hatte die Ärztin lange angesehen und nichts gesagt.
Mein Gedächtnis hat es tatsächlich aufgegeben, Wichtiges oder Unwichtiges zu behalten. Was auch der Preis dafür war, ich zahlte ihn gern. Es war nicht für immer. Frau Doktor Matter hatte mir das versprochen. Die Haare waren ja auch wieder gekommen.

Stahlgrau, novembergrau, eisgrau? Ich habe mich dafür entschieden, meine Haarfarbe gut zu finden. Silber. Ich bin Autorin, Reden gehört dazu.

»Post-its?« Beate zwinkerte. »Im Sonderangebot mit Mengenrabatt für Selbstständige?«
»Genau. An den Monitor geklebt. An die Türen, den Spiegel im Bad, die Fernbedienung. Und in den Kühlschrank. Verschiedene Farben. Gelb, grün, orange. Und dann die Gebrauchsanweisungen. Damit ich weiß, welche Zettel ich wann lesen muss. Die sind blau. Oder doch weiß?«

Beate musste lachen.
Wie ich das kenne! Der beste Notizzettel taugt nichts, wenn ich vergesse, ihn zu lesen. Oder nicht mehr weiß, wovon er spricht. Welche Anweisung zu welchem Medikament gehört. Wie erleichtert war ich, als der Wildwuchs im Zettelwald allmählich nachließ! Mittlerweile genügen mir die Agenda, der Terminplaner im Computer, die Uhr am Backofen. Und der Wecker des Smartphones. Ich muss nur realisieren, dass das Piepsen etwas zu bedeuten hat.

Ein Glockenschlag schallte vom Rathaus auf der anderen Seite der Piazza herüber. Halb. Halb was, dachte Beate, zu faul, sich nach der Turmuhr umzudrehen. Egal, so lange es hell ist, finden wir den Weg nach Hause.
»Ach, Ijana, über das Vergessen war ich sogar froh.«
Hart stellte Ijana die Kaffeetasse ab. Es klirrte.

»Gut, der Alltag war eine Zeitlang schwierig. Was während der Therapie mit mir geschehen ist, das ist weg. Fast komplett. Aber ich sage dir, es tut auch gut, all das Schreckliche, was mir vor der Diagnose widerfahren ist, im Nirwana zu wissen. Ich habe es gern dorthin geschickt, und sei es nur, um mein Gedächtnis zu entlasten. Platz zu schaffen, Platz für Prioritäten.«
»Wie, du weißt nichts mehr von früher? Die Kindheit, der erste Kuss, die erste amore? Alles futsch? Das kann doch nicht dein Ernst sein. Du bist Bea, nicht Bourne. Eh?«
»Meinen Namen hatte ich tatsächlich auch vergessen«, sagte Beate. »Aber dann fiel er mir wieder ein.«
Ijana langte über den Tisch und klammerte sich an Beates Arm.
»War es bei dir nicht so? Dann brauchst du dich nicht mehr zu fürchten. Wenn es bis jetzt nicht passiert ist, kommt es nicht mehr.«

Ijana lehnte sich zurück und griff nach der Zigarettenpackung.
»Keine Bange.« Beate gab ihr Feuer. »Auch nicht um mich. Von Zeit zu Zeit brauche ich neue, leere Blätter. Ich habe viele Geschichten.«

Mir das Leben schön und angenehm zu denken, mit dieser Haltung fahre ich gut. Will sich keine Erinnerung einstellen, erfinde ich mir einfach eine. Warum sich das Leben von alten Verletzungen zerfressen lassen, da mir doch Zeit geschenkt worden ist? Zeit für ein besseres, ein entspannteres Leben. Eine Narbe auf der Brust statt vieler Narben im Herzen.

Ijana ließ nicht locker. »Genau. Und dieses Leben solltest du beschreiben. Wer, wenn nicht du? Meine autoressa. Du weißt doch Bescheid!«

Bescheid weiß ich eben nicht! Ich habe doch alles vergessen. Diese Psychotante, Enkelin von Freud, die immer von Verdrängung redete und behauptete, meine einzige Chance bestünde darin, Blockaden zu lösen! Aber da ist kein Damm. Hinter dem Deich ist kein Wasser mehr.

»Was ziehst du für ein Gesicht? Als Autorin entscheidest du. Du schreibst deine Geschichte. Wie es war. Du hast die Kontrolle. Du sagst, wie es ist.«

Was glaubt Ijana nur? Ich bin die Letzte, die etwas über mich sagen könnte. Meine Freundinnen, ja, die wüssten einiges zu erzählen. Mein Nachbar. Sogar der Postbote weiß mehr von mir als ich selbst. Der bringt mir den Katalog von der Erwachsenenbildung. Noch immer warte ich auf den Kurs Beate Berthold. Für Anfängerinnen.
Ihre Biografie macht mich zu der Frau, die ich bin. Mit der bin ich nicht einmal unzufrieden. Schon als Kind hatte ich mir sternförmige Fältchen um die Augen gewünscht. Das zum Beispiel weiß ich noch. Lachfältchen und einen Mund, der nichts ahnt von bedeutungsvoller Schwere. Ohne Erinnerungen, die

seine Winkel nach unten zerren. Was mir meine Mutter, mein Vater angetan haben, das interessiert mich nicht mehr. Ich schreibe keine alten Sachen auf.

Gehupe riss Beate aus ihren Gedanken. Sie sah über die Straße. Der alte Fiat, ihre Knutschkugel, war zugeparkt. Der Fahrer gestikulierte wild, warf die Hände zum Himmel und ließ die Hupe erneut quäken. Aus der Tür der Bäckerei trat eine Frau. Sie zuckte mit den Schultern, stieg lächelnd in ihren Wagen und fuhr davon.

»Erinnere dich, Bea. Erzähl sie, deine Geschichte.« Ijana drückte die Zigarette aus und zog den Teller mit dem Toast zu sich.

»Nein.« Beate schüttelte den Kopf. »Daraus wird nichts.«

Eine erwachsene Frau, eine über Fünfzigjährige, die lässt sich nicht mehr überreden, wenn sie nicht will. Dass ich die Fünf mit der Null dahinter geschafft habe, wer hätte das gedacht! Frau Doktor Matter jedenfalls nicht. Zwischen damals und heute, hier in diesem Café mit Ijana, liegen Welten. Ich lebe in der besten aller möglichen, in meiner Welt, meiner Welt aus meinen Entscheidungen.

»Du denkst dir das so einfach, Ijana. Ich bin die Autorin, sagst du, ich habe die Kontrolle über die Geschichte, ich soll mich erinnern, sagst du. Aber woran? Das kannst du mir nicht sagen.«

Beate fegte ein paar Toastkrümel vom Tischtuch.

Die ersten Schritte in die mir geschenkte Zeit hatten sich gut und richtig angefühlt. Doch dann brachte das Fernsehen Interviews mit Betroffenen, die behaupteten, sie hätten ihre Erkrankung als Chance begriffen. Die schwärmten davon, wie positiv sie sich seither verändert hatten! Verändert? Positiv? Ich wollte keine Veränderung. Ich wollte sein wie zuvor. Auch wenn ich vergessen hatte, wie ich vorher gewesen war. Auch wenn es diese Beate Berthold nicht mehr gab, sie nicht an ihrem Schicksal hatte reifen können. Immerhin bin ich sie noch.
Und ich bringe es nicht über die Lippen, dieses »Ich brauche mehr Zeit für mich« oder »Ich lebe im Hier und Jetzt«. Erst recht kein »Ich bin bei mir angekommen«. Ankommen lässt sich doch nur, wenn man das Woher noch weiß, Veränderung ist nur möglich, wenn man das Vorher noch erinnert. Wachsen geschieht von der Wurzel aus.

»Aber sie ist wichtig, deine Geschichte. Du bist Autorin, du kannst sie für andere aufschreiben. Du hast die Kontrolle über das, was du schreibst.«

Sie wiederholt sich, dachte Beate. Ihre Müdigkeit hält Ijana gefangen, genau wie mich damals und auch noch heute. Wie gut ich das kenne! Mir passiert es immer noch, dass ich mich wiederhole. Je müder, desto öfter.
Nach der Diagnose hat mich schon allein das Denken erschöpft, die Vorstellung vom Trubel da draußen. Mittlerweile reicht die Energie, den Tag zu über-

stehen, durch den Alltag zu kommen, auch wenn die Ladeanzeige meines Akkus noch immer in Richtung leer steht.
»Nein«, sagte sie wieder. »Du kannst mich mal.«
»Ich kann dich mal?« Für einen Moment bewahrte Ijana die Fassung. Dann schallte ihr perlendes Lachen über die Piazza. »Endlich!«, jubelte sie, kicherte und suchte nach einem Taschentuch.
»Hör mir doch endlich zu, Ijana. Ich habe die Fakten nicht mehr. Und ich will mich nicht erinnern. Ich will es nicht.«

Erinnern ist Arbeit. Mir graut es vor der Recherche, dem Eintauchen in Tatsachen, der Wiederbegegnung mit meiner Angst. Ein Beinbruch verheilt und dann ist es gut. Irgendwann läufst du wieder, als wäre nie etwas gewesen. Seit fünf Jahren findet Frau Doktor Matter keinerlei Hinweis auf neue Krebszellen. Ich gelte als geheilt. Aber was nicht feststellbar ist, ist das wirklich nicht mehr da? Der Krebs ist nicht fort. Er ist verreist, mit unbekanntem Ziel. Seine Wohnung hütet die Angst. Ich werde nicht an die Tür klopfen und mich in Erinnerung bringen.

»Alles Ausreden, Bea. Krebs ist Krebs. Brust, Schilddrüse, Knochen, Haut, Blut. Jeder Krebs ist Kind schwarzer Galle. Das wissen alle. Auch hier in Italia. Schon die alten Römer wussten das. Die schwarze Galle fließt. Dann stockt sie, bleibt stehen. Und wird Krebs. Gut. Das ist Fakt. Der Rest ist dein Erzählen.

Es hat dich doch erwischt. Noch heute kämpfst du jeden Tag.«
»Du doch auch«, murmelte Beate. Sie sah auf die Piazza. »Nein.«, sagte sie endlich. »Nein. Und dabei bleibt es.«

Nie im Leben würde ich einen Roman über meine Krankheit schreiben können. Könnte ich es, müsste so eine Geschichte betroffenen Leserinnen Mut machen, von starken Frauen erzählen, die diese gemeine Erkrankung und die furchtbare, lebenswichtige Therapie nicht nur überleben, sondern auch überwinden. Darüber kann ich nicht schreiben. Allein die Diagnose, ein Trauma. Ein Schock, der bleibt und frisst. Meine Geschichten haben immer mit einem Tabu gespielt. Darüber zu schreiben, dass ein Jahr nach der Diagnose, auch nicht nach dem zweiten, manchmal nicht einmal nach dem dritten noch lange nichts endgültig vorbei sein muss, damit würde ich ein Tabu berühren, das mich selbst im Tiefsten angeht. Ich will daran nicht denken und erst recht nicht darüber schreiben. Nein. Das will ich nicht.

Ijana gähnte. »Ai, es ist verrückt. Ich habe doch genug geschlafen. Und trinke caffè, espresso, caffè. Ohne Ende. Willst du auch noch einen, Bea?«
»Der wird mir leider kaum helfen. Diese verdammte Müdigkeit. Wenn du aufwachst, weißt du nicht, dass du eingenickt warst.« Das brauche ich doch gar nicht zu sagen, dachte Beate. Ijana weiß doch selbst, wie peinlich es ist, die Kontrolle über sich zu verlieren.

Aber sie will ja nicht lockerlassen. »Denk nur«, fuhr sie fort, »wie häufig du das Auto auf den Parkplatz stellst, obwohl es bis nach Hause nur noch um die Ecke ist. Doch du musst anhalten, sonst schläfst du am Steuer ein.« Sie stockte. »Warum lächelst du?«

»Ach, das bisschen Fatigue. Da müssen wir alle durch.«

»Ha!« Niemals werde ich über diese Erschöpfung mit dem eleganten französischen Namen schreiben. Beate rieb sich die Hände. Jetzt kann ich Ijana packen. Wenn die mein Nein nicht akzeptieren will, muss sie eben abgelenkt werden. Müdigkeit ist ein gutes Thema. »Da müssen alle durch!«

»Ai, ich bin so froh, dich getroffen zu haben.« Ijanas dunkle Augen schauten ernst. »Ich dachte, ich dachte …«

Beate nickte. »Es hat doch bisher immer geklappt, sich die Zähne zu putzen, wenn die Bürste schon nass ist und die Cremetube aufgeschraubt.«

»Genau. Ich dachte immer, ich bin nur faul. Bequem. Oder depressiv.« Ijana griff in die Luft, suchte nach dem treffenden Wort. »Depressiv und faul zugleich. Du könntest die Worte dafür finden …«

»Kochst du schon alleine?«, erkundigte sich Beate, die zu viel von ihrer eigenen Sprachlosigkeit wusste, als dass sie darüber reden wollte.

Ijana lächelte verlegen. »Ich bin so müde, zu müde zum Einkaufen …«

»… Nachhauseschleppen, Waschen, Schnippeln …«, stimmte Beate ein.

Ijana begann zu strahlen. »… Kochen, Rühren, Braten, Dünsten. Anrichten«, fuhr sie fort. »Und wer

räumt ab? Abwaschen, Abtrocknen, Einräumen. Uff.« Ijanas Stimme klang erschöpft vom bloßen Aufzählen. »Und das Kauen, das ist so anstrengend. Meistens bleibt es doch beim Fastfood.«
»Schmeckt dir das?«, fragte Beate.
Ijana schnippte einen Krümel vom Tisch. »Pizza, Reiskugel, Tramezzini, Medaglioni, Burger, Tacos, Hot Dogs, Kuchen, Toast. Schmeckt alles nach nichts.«
»Es wird schon wieder, glaub mir.«
Ich glaube es ja auch, dachte Beate. Immerhin habe ich wieder angefangen mit dem Kochen. Mit drei Gewürzen im Schrank. Salz und Pfeffer. Und Zimt für den Tee.
Ijana beugte sich über den Tisch, als wollte sie Beate ein Geheimnis anvertrauen.
»Gelato kann ich noch nicht essen. Ist mir zu süß«, flüsterte sie. Dann riss sie das zweite Zuckertütchen auf und gab den Inhalt in ihren Espresso. »Meine Mamma spricht nicht mehr mit mir, seit ich ihre Saltimbocca gelobt habe.«
Beate schaute verdutzt.
Ijana verdrehte die Augen. »Es gab Piccata.«
»Kann ja mal passieren.« Beate lachte. »Immerhin traut sich deine Mutter wieder, sauer auf dich zu sein.«
»Diese sorgenvollen Blicke! Ständig. Das war nicht mehr auszuhalten. Sie machte mich wahnsinnig. Oder wütend. Dabei ist sie doch meine Mamma.«
Ijana ist Italien-Deutsche, fiel Beate ein. In Berlin geboren und aufgewachsen, dann zu ihren Wurzeln jenseits der Alpen zurückgekehrt. Eine echte Seconda. Explosive Mischung. Und ihre Mamma, wenn die

schimpft, dann in mehr als nur zwei Sprachen. Wenn bei denen der Hausfrieden schief hängt, will ich nicht dazwischengeraten.
»Du kannst froh sein, dass du keine Eltern mehr hast.«

Autsch, dachte Beate. Kennt mich Ijana so wenig? Wäre sie keine Krebsschwester, hätte ich sie jetzt vermöbelt. Auf der Stelle! Ich vermisse meine Mutter. In der Therapie fiel mir wieder ein, wie oft ich davon geträumt hatte, einen Becher Tee neben meinem Bett zu finden. Mitten in der Nacht bin ich aufgewacht, weil ich gespürt hatte, dass meine Mutter mir über das Haar strich. Aber da war nur Dunkelheit gewesen. Keine Mutter. Was hätte ich nicht alles dafür gegeben, auf den Schoß genommen zu werden wie damals, als Kind, wenn ich hingefallen war und mir das Knie aufgeschlagen hatte.

»Findest du das wirklich?«, fragte sie ganz leise.
Ijana sah sich nach der Bedienung um. »Magst du noch ein Wasser?«
Die Kellnerin plauderte mit ein paar jungen Männern einige Tische weiter.
Beate winkte müde ab. »Ach, lass mal.« Sie ließ die Fingerkuppen über das Tischtuch gleiten.
»Du, Bea, mia carissima. Ohne Eltern, in deinem Alter. Das ist schrecklich. Aber so musst du wenigstens deine Mutter nie trösten.«
Beate schwieg. Der gestärkte Stoff sah glatt aus, doch es gab Unebenheiten im Gewebe, die das Auge kaum wahrnahm.

»Du weißt nicht«, zischte Ijana, »du weißt nicht, wie das ist, die eigene Mutter auffangen zu müssen. Die Mamma, die vor Angst, ihre Tochter zu verlieren, durchdreht.«

Die Gäste am Nachbartisch verstummten. Beate schluckte. Es mussten doch nicht alle mitbekommen, wer hier als Schatten mit am Tisch saß.
»Ich weiß so was nicht, Ijana?« Beate verschränkte die Arme und lehnte sich zurück. »Gut, bei mir war es nicht die Mutter, die mich mit ihren Ängsten gequält hat. Meine Freundinnen, die waren es, die ich zu trösten hatte. Sie reduzierten mich auf meinen Krebs. Für sie alle nur noch die arme Kranke zu sein, das war nicht auszuhalten.«
Ijana schob Beate den Teller mit dem Toast hin. »Und sobald du dich daran gewöhnt hattest, dass nichts mehr geht ohne den Krebs, war es auf einmal wieder anders. Da mussten sie dir unbedingt helfen, nicht wahr? Meine Mutter wollte ihn mir abnehmen, den Krebs. Mitgefühl nennt man das, sagte sie.« Ijana schnaufte. »Non è vero, stimmt nicht. Sie wollte nicht mitfühlen, meine gute Mamma. Leiden wollte sie. Für mich. Sie fragte sich, was sie falsch gemacht hatte. Eltern haben vor den Kindern zu sterben, hat sie gesagt. Warum also hast du ihn bekommen, den Krebs, warum du und nicht ich, deine Mamma?«

»Krebs lässt sich vielleicht vererben. Aber nicht verschenken.« Beates Wut auf Ijana war verraucht.
»Scusate, Signore.« Die Kellnerin stand mit leerem

Tablett am Tisch. »Permesso?« Schon hatte sie die Tassen und den Toastteller abgeräumt.
»Un altro aqua minerale, per favor«, sagte Beate.
Wortlos nahm die Bedienung ihr Tablett auf und ging sich zurück ins Café.
Ijana lächelte schief. »Selbst Touristen bestellen an die Theke. Mensch, Beate. Am Tisch gibt man hier keine Bestellung auf.«
»Man. Wer ist man? Ich bin das nicht. Ich bin Bea. Beate Berthold, die ihren Krebs besiegt hat.«
»Besiegt?« Ijana sah sie nachdenklich an. »Überlebt, das ja. Aber das kann nicht alles sein. Wir sind doch mehr als nur Ex-Krebs-Erkrankte. Sind wir doch, nicht wahr?«
Beate hörte das Zittern in Ijanas Stimme.

Wir sind mehr als je zuvor, dachte sie. Mein Krebs ist weg. Frau Doktor Matter hat es mir gesagt. Er ist fort und wir sind hier. Trotzdem reden immer noch alle von nichts anderem als von ihm. Wir auch. Warum, verdammt nochmal, tun wir uns das an?

Beate seufzte. »Natürlich sind wir mehr. Aber was soll das überhaupt heißen, ex-krank. Wir sind Krebsschwestern.«
Hört sich gut an, dachte sie. Aber ich vermisse sie schon, meine Nicht-Krebs-Beate. Wohin ist sie, wer hat sie mir entführt? Meine Freundinnen? Kaum hatte ich einigen wenigen die Diagnose anvertraut, verbreitete sich die Nachricht wie ein Lauffeuer. Aus dem Boden der Freundschaft war keine verbrannte

Erde geworden, doch ich hatte das Gefühl, es knistere um mich herum. Gut, dass es nicht mich getroffen hat, so dachten sie, schämten sich und steckten mich in einen Wattekokon. Alltagssorgen, Ärger im Beruf, verpasste Lieben, all das war kein Thema mehr. Thema, wie geschickt auch immer verschwiegen oder bemäntelt, war mein Krebs. Ich fand das Getue um mich zum Kotzen. Als hätte ich einen Vorwand gebraucht, mich zu übergeben. Eine Zeitlang reichte mir schon ein Blick in den Spiegel. Der kahle Schädel. Keine Wimpern, keine Augenbrauen. Am Körper kein einziges Härchen.

In ihre Gedanken versunken fasste sich Beate an den Kopf. Noch immer waren ihre Hände überrascht.

Als das Haar nachgewachsen war, schauten sie mich an, als sähen sie mich zum ersten Mal. Alle, von der Onkologin und Psychologin über die Krankenschwestern und Laborantinnen bis hin zu den Pförtnern und der Chefin der Cafeteria. Und draußen, im Bus, beim Bäcker, in der Boutique? Da wollten sie mir alle schon gratulieren. Dabei war ich noch mittendrin in der Therapie. Die Bestrahlungen kamen noch, die Reha und die Nachsorge erst recht. Wie geht es dir?, fragten die Freundinnen besorgt. Andere erkundigten sich mit bemühtem Lächeln nach meinem Befinden. Sie meinten nicht mich, sondern meinen Krebs. Ich, die Bea, Beate Berthold, blieb verschwunden. Niemand schien mich zu vermissen.

»Richtig, sorelle di canceri. Krebsschwestern. Die wissen, um was es geht. Der Krebs kriecht in alles rein. In den Alltag, in die Gefühle. In den Körper und in die Seele. Darum musst du dieses Buch schreiben, Bea!«
Beate wollte wieder aufbegehren, ließ es dann aber.
»Gibt es da nicht ein Video von Michael Jackson, das, auf dem er sich immerzu verwandelt? Vom Sänger zum Panther und wieder zurück und so weiter?«
Michael Jackson? Beate sah Ijana verständnislos an. Wo kam der denn jetzt auf einmal her? Was hatte sie mit Michael Jackson zu tun? Ijana redete weiter.
»Also. Diese Verwandlung. Morphing. Krebsschwestern sehen die. Die anderen sehen nur Michael oder den Panther. Für die Veränderung, die langsam anfängt und immer schneller wird, haben die meisten kein Auge, oder sie kapieren es nicht. Das muss ihnen jemand erklären, und auch den Krebsschwestern, damit wir begreifen, was mit uns geschieht.«
»Es gibt den Panther.« Beate nickte nachdenklich. »Und es gibt Michael. Hin und her geht das. Aber Michael Panther? Den gibt es weder im Video noch im Leben. Die meisten können sehen, dass er sich verwandelt, aber Michael Panther, den werden sie niemals sehen. Warum? Weil es den eben nicht gibt. Davor und Danach, gleichzeitig? Das ist unmöglich. Michael Panther? Den kann es nicht geben. Und darum lässt er sich auch nicht beschreiben. Darum kann ich das Buch nicht schreiben. Es geht einfach nicht.«

Doch. Beate grübelte. Michael Panther gibt es. Wie es Beate Krebs gibt. Dieses Gleichzeitige habe ich gelebt. Als Bea Krebs. Beate Berthold stand nur in meinem Ausweis. Mit dem Namen lernte mich Chantal Schneider aus Wuppertal kennen. Meine Akademikerin, die Bescheid wusste, wie Märkte funktionieren, eine Wirtschaftswissenschaftlerin, in deren Bilanz Krebs nicht einmal als Fußnote auftauchte. Chantal. Fünf Jahre ist das her, da ging Bea Krebs mit der Diagnose in der Tasche tanzen. Jetzt erst recht, hatte ich mir gesagt und den Kleiderschrank umgestülpt. Mich geföhnt, geschminkt, aufgebrezelt. Auf High Heels und im Minirock lehnte ich an der Bar. Da stand auf einmal Chantal vor mir. Sie übersprang die Einladung zum Drink und bat mich zum Discofox. Sie streckte ihre Hand aus und ich griff zu. Chantal war hingerissen. Vielleicht sogar verliebt. Hals über Kopf. Alles auf Herz. Brust war Trumpf. Doppeltrumpf. Drei wilde Wochen folgten. Dann präsentierte der Krebs seine Quartalsrechnung und schrieb eine der beiden Brüste ab. Chantal seufzte, griff nach dem Rechenschieber, setzte die Chemotherapie in die Betriebsaufwendungen ein, addierte, multiplizierte, subtrahierte, dividierte und fälschte die Bilanz.

Es war ein heller Sommersonntagnachmittag gewesen, wie geschaffen für ein Mittagsschläfchen zu zweit. Ich starrte aufs Kopfkissen. War dieses Büschel Haare von mir? Chantal holte ihr Rasiermesser. Sagte kein Wort. Sie fand, ich sähe gut aus mit Glatze. Sehr gut sogar. Die Perücke von der Krankenkasse packte ich gar nicht erst aus. Stolz trug ich meinen nackten Schädel. Und doch. Obwohl unsere gemeinsamen Wochenenden wie aus der Zeit gefallen schienen, lebte der Krebs zwischen uns. Zu spät war ich bereit, seine Gegenwart auch in der Beziehung mit Chantal zuzulassen. Ich hörte das Ticken der Uhr, doch die Zeiger bewegten sich nicht mehr. Wann waren sie stehen geblieben? Auf dem Pilgerweg von einer Chemotherapie zur nächsten fielen immer mehr Türen zu, krachend, ohne Rücksicht darauf, ob vielleicht eine freundliche Hand eingequetscht wurde, ein Bein brach oder ein Rechenschieber zerbarst. Von einem Tag auf den anderen saß ich in einem Schacht, dessen Boden immer tiefer sank. Niemand konnte mehr zu mir. Auch nicht Chantal. Die trieb den Krebs von den Betriebsaufwendungen quer durch die Bücher, versuchte es bei Aktiva und Passiva, rechnete hin und her. Sie begriff nicht, dass er nicht berechenbar war. Mit unbekannten Größen konnte sie nicht umgehen. Um die Bilanz zu retten, ging sie ihrer Wege, ehe der Bankrott drohte. Noch in meinem Schacht gefangen, beschloss ich, Chantal zu suchen. Bald.

»Porca miseria!«

Beate erschrak.

»Sag bloß, Bea, du schreibst nur immer das, was es wirklich gibt, was fassbar ist. Aber du bist doch Autorin. Michael Panther soll es nicht geben? Faule Ausrede! Egoistin! Sind denn Schwestern etwa nicht füreinander da? Nicht zu fassen. Da sitzt du und hast die Möglichkeit, mit deiner Gabe, deinem

Talent, nenn es, wie du willst, jedenfalls könntest du deinen Schwestern helfen. Und was tust du? Zickst.«
Ijana beugte sich vor. Ihre Augen waren zu schmalen Schlitzen geworden. »Hast du tatsächlich alles vergessen, Bea? Weißt du wirklich nicht mehr, wie es ist, zu sitzen wie unter einer Käseglocke, den Chemogestank deiner eigenen Haut in der Nase? Und weißt du auch nicht mehr, wie es ist, wenn du an keine herankommst, wenn niemand dich hört, auch wenn du mit den Fäusten gegen die Wand trommelst, um Hilfe schreist? Wenn du heulst und deine Tränen können dieses Leid nicht aufweichen? Das kann doch nicht wahr sein. Du vergisst das doch nicht.«
In Beates Schläfen pochte es. »So? Findest du?«, presste sie hervor. »Redest du eigentlich mit mir? Oder mit der Schriftstellerin? Du meinst, eine Geschichte zu sehen und sagst, schreib das auf. Ganz einfach, ja? So einfach ist das aber nicht, meine Liebe. Mein Thema heißt Sex. Fantasie ist mein Job. Biografisches überlasse ich Wikipedia. Betroffenheitsliteratur soll ich produzieren? Ich dachte, du kennst mich. Vergiss es, du Kasper.«
»Ich? Ein Kasper?«, murmelte Ijana. »Ausgerechnet du wirfst mir das vor?« Sie räusperte sich, setzte an und schwieg dann doch eine Weile. »Eeeeh«, sagte sie endlich. »Du bist eine Hexe. Eine kleine. Aber eine Hexe.« Ijana kramte in ihrer Handtasche und zog die Sonnenbrille heraus. Umständlich putzte sie die Gläser.
Beate konnte über sich selbst nur den Kopf schütteln. In ihrem Eifer, Ijana eine Retourkutsche zu

verpassen, war sie ausgerechnet auf den Kasper verfallen.

Ijana hatte sich als Physiotherapeutin selbstständig gemacht, als knapp in der Karenzzeit der Tagegeldversicherung die Diagnose eintraf. Ihre Behandlung von Ijanas Schilddrüse kostete rund eine halbe Million Euro. Fremde hatten für sie gespendet. Das Gewissen verbot es ihr, die finanziellen Hilfen ohne Gegenleistung anzunehmen. Schon während der Chemotherapie drängte die emotionale Schuld Ijana aus ihrem Bett. Lachen ist die beste Medizin, war ihr eingefallen. Für mich, und für Kinder erst recht. Als sei das Gift nichts anderes als ein harmloses Grippemittel, schminkte sie sich die Blässe von den Wangen, malte sich lachende Lippen und strahlende Augen. Mit einer frischen Batterie in ihrer Blinknase meldete sie sich zum Dienst auf der Kinderstation der Onkologie. Ihre Freundinnen konnten Ijanas Aktivität kaum fassen. Schonen sollte sie sich, auf sich achten. Sie überhörte die Ermahnungen. . Italien kämpft um jedes Leben, sagte ihre innere Stimme, sogar dann, wenn es noch nicht geboren ist. Die Gesellschaft zahlt auch für dich. Also gib etwas zurück. Sei nützlich. Man soll nicht umsonst in dich investiert haben.

Mit lautem Klingeln bog eine Radwandergruppe auf die Piazza ein, umkreiste den Springbrunnen vor der Kapelle wie ein Schwarm Papageien. Als die Räder abgestellt und gesichert waren, schloss sich die Tür von Sant'Agata hinter den Touristen. Einer, wahrscheinlich der Bewacher der Räder, blieb auf dem Beckenrand sitzen. Er zog sich Schuhe und Socken aus und hielt dann seine Füße unter den Strahl des Springbrunnens.

»Machst du eigentlich jetzt Vollzeit Clownerie?«, erkundigte sich Beate. »Oder baust du deine Praxis wieder auf?«

Ijana griff nach der Wasserflasche und schenkte nach. »Du auch?«

»Ja, gerne. Dieser Durst immer. Gut, dass ich kein Bier mag. Sonst hätte ich spätestens am Mittag einen kleben.«

Ijana lachte. »Wie viele Ausdrücke es gibt für Rausch. Aber Wasser ist schon besser. Wasser und Espresso. Sonst kriege ich auch nichts mehr geschafft heute.«

Beate ließ nicht locker. »Wie viel arbeitest du denn nun wirklich?«

Ijana zuckte mit den Schultern. »Nicht so viel. Zehn Stunden pro Woche. Vielleicht fünfzehn. Ein bisschen Büro, piccolo, piccolo. Zwei Stunden am Tag, dann aber Schluss. Kontakte warmhalten, man weiß nie, wann die gebraucht werden. Kollegen, Amt, du weißt schon. Das ist Arbeit. Und dann Pulcinella im Krankenhaus, sechs Stunden, höchstens.«

Wie aufs Stichwort raste ein Rettungswagen die Straße entlang. Während sich der Klang des Martinshorns im Alltagslärm verlor, rechnete Beate zusammen und kam auf fast vierzig Stunden. Dabei hatte Ijana manches gar nicht erwähnt, nicht die Fahrten, nicht die Nachbearbeitung und das, was sonst noch so anfallen mochte. Das brauchte alles mindestens so

viel Zeit wie die Kontaktpflege, deren Dauer Ijana vorsichtshalber verschwiegen hatte.
»Das ist ja schon doch einiges. Und wie steht es mit deiner Nachsorge? Wie viele Termine hast du denn da pro Woche?«
Nachlässig fuhr sich Ijana durchs Haar. Beate sah es genau, die Hände zitterten. Nichts sagen, ermahnte sie sich. Sie weiß es doch selbst.
»Ah, bah. Das ist Freizeit. Andere gehen zum Boccia, und ich …« Ijana verstummte.
Beate biss sich auf die Lippen. Das Labor befand sich in der nächsten Stadt, zur Onkologin fuhr Ijana mindestens eine halbe Stunde. Wenn der Verkehr es zuließ. Und wo traf sich die Selbsthilfegruppe? Besser, gar nicht erst fragen.
»Der Marathon mit den Behandlungen, das ist vorbei. Ich habe einen dicken Schlussstrich gezogen. Damit wir uns das merken, ich und der Krebs. Besonders der, wo er doch nicht mehr da ist.«
»Du arbeitest also wieder voll.« Beate verkniff sich, Ijana die Stunden vorzuzählen.

Der Krebs macht keinen Unterschied. Beruf, Freizeit, Nachsorge, alles läuft aufs Selbe hinaus. Familie, Kontakte, Freizeit, hinter jedem Etikett steckt Anspannung, Anstrengung, Angst. Im ersten Jahr wollte ich das nicht wahr haben. Im zweiten? Auch nicht. Frau Doktor Matter hatte mich gewarnt. »Zwei Jahre sollten Sie sich schonen, Frau Berthold. Zwei Jahre Rekonvaleszenz mindestens.«
Zwei Jahre? Was für eine Ewigkeit! Mit ein wenig

Sport, gesundem, abwechslungsreichem Essen und Vitamintabletten geht das sicher schneller, dachte ich. Schon war ich losgeprescht, ohne darauf zu achten, ob die Starterpistole überhaupt geladen war. Und dann hat es viel länger gedauert. Das kann ich Ijana doch nicht sagen. Arbeiten wie früher. Leben wie zuvor. Auf den Zug bin ich damals auch aufgesprungen. Krebs plus Behandlung mal Zeit gleich Gesund. Schon stimmt die Bilanz wieder. Ja, ja, Chantal. Von wegen. Das einzusehen, braucht Zeit. Auch das musste ich lernen, mir diese Zeit zu gönnen. Auf der einen Seite Anspannung, Anstrengung. Die Angst verschwindet nicht so schnell. Andererseits rast der Zug weiter, getrieben von der Gier nach Leben. Wie bei Ijana. Wie bei mir. In voller Fahrt abspringen, das kann nur böse enden.

»Nichte mal die Hälfte von früher. Ich bin vorsichtig, nehme kaum noch neue Kunden. Piano, piano. Tutto piano. Ich passe gut auf mich auf!« Ijana zerrte eine Zigarette aus der Packung.

Beate gab ihr Feuer und zündete sich selbst auch eine an. Wie Ijanas Tage aussehen, kann ich mir vorstellen. Manchmal redet Schweigen lauter als jedes Wort. Kaum neue Kunden, das sind trotzdem noch zu viele. Das kenne ich nur zu gut, in dieser Phase will niemand wahrhaben, dass es kein Zurück mehr gibt. Zwischen der Ijana davor und der von jetzt liegen nicht nur Welten, sondern ein ganzes Universum.

Warum ist das nur so schwer. Das Verstehen. Und das Zeit-Lassen dafür. Zeit lassen? Oder geben? Ach was. Die Zeit nimmt sich selbst.
Tief zog sie den Rauch ein, hauchte ihn langsam aus. Ijana ist froh, sich wieder im Spiegel betrachten zu können. Vorsichtshalber sieht sie erst einmal nur das, was sie wiedererkennt. Das war auch bei mir so.

Die Zigarette schmeckte nicht mehr. Beate starrte den Glimmstängel an. Er war bis auf den Filter abgebrannt. Kopfschüttelnd drückte sie den Stummel im Aschenbecher aus. Ijana schien entspannt, wie sie dasaß, das Gesicht zur Sonne gehalten, die Brille ins Haar geschoben, die Augen geschlossen. Beate beneidete sie. Eine Physiotherapeutin streift den weißen Kittel über, dachte sie, reibt sich die Hände mit der Desinfektionslösung ein und schon geht es los. Was für ein Leben!
Sie fühlte, wie ihr Hals enger wurde. Beate schluckte. Nein, ich bin nicht neidisch. Nicht als Freundin, nicht als Krebsschwester. Schon gar nicht als Autorin. Aber wo ist denn mein weißer Kittel, den ich nur überstreifen muss, um meinen Beruf ausüben zu können?

Mein Thema ist der Sex. Oder war es. Schreib über das, was du kennst. Aber auf einmal habe ich mich selbst nicht mehr gekannt. Oder halt, mich selbst schon. Bea. Beate Berthold. Die bin ich immer noch. Aber mein Körper, der war weg. Da war nur noch das, was behandelt wurde, was sie auf ihre Tische

legten, zum Röntgen, Operieren, Bestrahlen. Ich war das nicht. Das war mein Körper. Den schoben sie in die Röhre, legten ihm Katheter, Redons, Infusionen, setzten ihm Spritzen, Portacat, Markierungen. Malten ihm ihre Hieroglyphen auf, beschmierten ihn mit Ultraschallgel, berührten ihn überall. Und es war nichts Persönliches dabei.
Dann gaben sie ihn mir zurück, aufgedunsen, schlaff, schwach. Mit Wunden, die sich zu dicken, roten Narben schlossen. Das Einzige, was ihn zusammenhielt, waren Schmerzen, Krämpfe, Kribbeln. Ich spürte es kaum, dass ich den Fuß hinter mir herzog. Sah nur die abgeschliffene Schuhspitze. Und meine Hände? Wie oft stand ich auf Scherben, in einem Kaffeesee, hielt noch den Zuckerlöffel umklammert. Sollte das wirklich mein Körper sein, mein Körper, der zum Lieben und zum Liebhaben gemacht war? Wo war sie abgeblieben, die begehrenswerte Frau? Ich sah in den Spiegel und fand sie nicht. Sobald ich konnte, machte ich mich auf, sie zu suchen.

»An so einem Morgen will ich gar nicht an meine Arbeit denken.« Ijana reckte und streckte sich. »Jetzt ab in die Hängematte, mit einem guten Buch, das ist Leben, eh? Ich habe lange nichts von dir gelesen. Wann erscheint denn wieder eine von deinen heißen Geschichten?«
Beate stockte der Atem. Eine erotische Geschichte? Die will sie von mir? Die Brust sieht noch immer aus wie ein zusammengefallenes Brötchen. Mein sexuelles Selbstbewusstsein ist zu einem Weizenkorn

geschrumpft. Ein wütendes Nichts. Schreib über das, was du kennst. Sie musste husten.
»Ach, nee«, brachte sie endlich heraus. »Das ist mal wieder typisch. Damit du entspannt genießen kannst, müssen andere erst einmal schuften. Ich habe Urlaub, schon vergessen?«

Habe ich wirklich Urlaub, oder ist die Autorin längst arbeitslos? Vielleicht haben mich die Behandlung und ihre Folgen schlicht berufsunfähig gemacht. Was habe ich nicht alles unternommen, um Geschichten zu finden! Leben, schreiben wie zuvor. Besser. Bewusster. Wenn ich nur daran denke, hänge ich schon fast wieder über der Schüssel. Ich habe gekämpft. Ein Satz täglich, selbst als mir die Worte fehlten. Und ich kämpfe immer noch.

»Ah ba. Du bist nicht in den Nordländern, nicht jenseits der Alpen. Drüben, da musst du vielleicht den ganzen Tag am Schreibtisch schuften. Aber hier? Mach es so, Laptop an, eine Seite schreiben und dann basta. Laptop aus und ab auf die Piazza. Hier kannst du das Leben genießen. Dolce vita. Selbst Anita Ekberg ist nach ihrem Film hier geblieben. Und die kam nun wirklich aus dem ganz hohen Norden.«
»Sehr lustig.« Beate zeigte auf Sant'Agata. »Und als Fontana di Trevi soll dann der kleine Springbrunnen dort herhalten? Wenn du meinst. Aber ich glaube, ein Abendkleid mit tiefem Dekolleté und viel schwarzem Samt drumherum wäre doch ein bisschen overdressed, oder?«

Ijana zwinkerte ihr lächelnd zu. »Du kannst das tragen, cara mia. Sogar jetzt, vor dem Mittagsläuten. Ich brauche bestimmt einen Tazer, um deine Fans zu vertreiben!« Sie ließ ihren Blick wandern.
»So lang du mein Fan bist, habe ich keine Angst.«
Beate fühlte es, wie Ijanas Augen von ihrer Nase zu den Lippen rutschten, das Kinn als Sprunghügel nutzten, hinab ins Halbdunkel hinter der Knopfleiste ihrer Bluse. Sie spürte einen Anflug von Gänsehaut. Gut, dachte sie, dass die Tischplatte diesen Blick aufhält.
Ijana griff nach der Sonnenbrille im Haar und zog sie wieder auf die Nase. Ihr Lächeln war nicht zu deuten. Unter dem hellen Trägershirt zeichneten sich die Brüste ab.

Wie lange habe ich gebraucht, bis ich die Nippleshields nicht mehr in den BH legte. Zwischen paillettenbesetzten Abendroben, Stilettos ab Größe 42 und Strassschmuck hatte ich sie in einem Schaufenster entdeckt. Gleich am nächsten Morgen bin ich einkaufen gegangen, in eine dieser Boutiquen, die Glitter und Glamour feilbieten, solche, die das Dunkel brauchen, um die Lichter der Stadt aufleuchten zu lassen. Talmi, Tingeltangel, Trara. Wie oft bin ich früher an solchen Läden vorbei, ohne Blick für die Auslagen. Nichts für mich. Kostüme, Theaterschminke, Perücken brauchte ich nicht. Ich war ganz Frau, von Kopf bis Fuß. Wer mich bekam, bekam Beate. Und mich kriegte nur die eine. Die, die ich wollte. Die suchte ich mir aus. Wie schnell hatte ich sie soweit, dass sie keine andere mehr wollte als mich, Beate Berthold, deren Geschichten immer wieder neu und beständig anders und stets aufregend waren. Andere mochten auf die Suche getrieben werden, ihr Beuteschema abzudecken. Mit mir, der freien Jägerin, die nur kurz prüfte, wie der Wind stand und dann nach allen Regeln der Kunst verführte, mit mir war das anders. Wie ich es beherrschte, dieses Hin und Her von Aufmerksamkeit, Ablenken, Beachten, Aufmerken, Bemerken! War die Jagd vorbei, die Beute gestellt, genossen wir unsere Lust auf Augenhöhe.

In Bars und Kneipen trieb ich mich herum, in Clubs, die nur für eine Nacht hinter irgendeinem Bauzaun öffneten, hastete an bulligen Securityleuten und nervösen Kleindealern entlang vor Lautsprechertürme, die im Takt der Beats vibrierten. Ich suchte die Frau, die ich im Spiegel nicht mehr sah. Hier in der Dunkelheit musste sie zu finden sein. Im Schatten der Nächte streckte ich die Hand nach ihr aus, doch Beute wollten nur die anderen sein. Besonders Männer. Solche, die sich selbst auf der Jagd glaubten. Ich griff zu. Heiße Nächte waren das, und die Kerle Feuer und Flamme. Alles schien so einfach. Meine Freundinnen staunten. Unsere treue, verlässliche Beate, alles andere als ein leichtes Mädchen, auf einmal mit Männern! Seit Jahrzehnten achteten und mochten sie die Beate, die es für möglich hielt, keinen Sex vor der Ehe zu haben, die gegen Darkrooms kämpfte und die rabiat werden konnte, wenn Fremde sie anfassten. Dass ich

gern flirtete, wussten sie. Aber dass ich es auf einmal nicht mehr beim Flirt beließ, konnten sie nicht fassen. Und als wäre das noch nicht genug, ging ich mit Männern davon und kämpfte trotzdem weiter für lesbischen Safer Sex.
Warum ihre Freundinnen den Kopf schüttelten, wunderte Beate immer noch.

Ein Parkplatzkontrolleur, der gerade am Straßenrand seine Verwarnung ausfüllte, zwinkerte ihr zu und strich sich über den Schnurrbart. Beate zwinkerte zurück. Er steckte den Zettel unter den Scheibenwischer eines roten Flitzers und ging weiter.

Was war es für eine Erleichterung, dass Männer schon zufrieden sind, wenn ihr kleiner Soldat exerzieren darf! Was bei drei nicht auf dem Baum saß, wurde ein gefundenes Fressen für mich. Mann, waren das heiße Nächte! Am nächsten Morgen brauchte er, wenn ich ihn nicht schon vorher weggeschickt hatte, höchstens einen Kaffee. In der Nacht habe ich es geschafft, mich als Frau zu fühlen. Aber danach, im kalten Badezimmerlicht, vor dem Spiegel?

»Hast du gesehen, cara mia?«, kicherte Ijana. »Unsere italienischen Männer eben. Darauf muss ich einen trinken.« Sie stand lachend auf. »Willst du auch eine Limo?«
»Dieses pappsüße Zeug?« Beate schüttelte sich theatralisch. »Nee, danke. Ich nehme noch einen Milchkaffee.«

Ijana verdrehte die Augen. »Latte macchiato! Du bist und du bleibst eine Barbarin aus dem Norden, cara mia!« Mit schwingenden Hüften schlenderte sie zum Eingang des Cafés. Auf der Schwelle warf sie einen Blick zurück.

Davor wäre ich dir nach, dachte Beate. Sie lehnte sich zurück und spielte mit dem Feuerzeug.

Mit Männern war das einfacher. Bis ich überhaupt wieder Frauen in mein Bett gelassen habe, hat es gedauert. Sogar Chantal musste warten. Sie war die letzte Frau, die mich vorher und danach gekannt hat. Sie fand mich so heiß. Genau so erging es auch Dori Büchle. Eine der wenigen Heten in meiner Wellnessbude um die Ecke. Ich traf sie eines Tages auf dem Markt. Sie fragte mich, warum ich nicht mehr in die Sauna käme. Ich antwortete ihr nicht. Aber ich ging mit, als Dori mich zum Kaffee bei sich zu Hause einlud, und ich war noch bei ihr, als sie das Licht anschaltete. Sie konnte es nicht fassen. »Du Vollweib«, sagte sie, »du Venus. Du bist so weich, so zart, so anders. Du bist schön. So schön. Wie schön du bist! Deine Kurven, deine Arme, der Bauch, was für ein Hintern. Aphrodite. Venus. Gaia.« Sie schmiegte sich an mich. In ihren Armen erstarrte ich und ehe ich fliehen konnte, ruhte ihre Hand auf meinem bisschen Brust. Sie nahm mich. Nahm mich an. Verfärbungen, Verhärtungen, Narben, alles war gut. Ohne dass sie gesucht hatte, fand sie mich. Dori wurde mein Pygmalion, ich ihre Galathea, die von der Statue zur Frau erwachte. Im Licht der Schlafzimmerlampe verlor meine Haut ihre Blässe. Langsam schlossen sich die Wunden unter den Narben. Dori hatte mich gefunden. Und sie fand mich sagenhaft. Auch wenn sie nach dieser Nacht nie mehr von ihrem Mann zu trennen war.

»Ecco. Sieh dir das an.« Ijana klatschte eines dieser bunten Magazine auf den Tisch. Klatsch, Tratsch, Rezepte. Vom Rührkuchen bis zum Liebeszauber alles auf Italienisch. »Ho vinto!«, verkündete eine Photoshop-Schönheit von der Titelseite. Beate bat Ijana, ihr das zu übersetzen.
»Eine Krebsschwester. Geht wieder auf Tour.«
So so, dachte Beate. Die nächste Kylie Minogue, die übernächste Anastacia. Gleich nach der Therapie auf Tour. Am besten noch im selben Jahr. Die Gier nach Leben, eine tickende Zeitbombe. Wann sie losgeht, ob sie losgeht, ist Glückssache. Und wer, wenn nicht ich, hatte das große Los gezogen? Ich dachte, ich wäre so weit. Ach, was. Ich habe lieber gar nichts gedacht. Habe meine Kräfte überschätzt und einfach von vorne angefangen. Leben wollte ich. Mehr nicht. Alles andere war egal. Ich würde schon sehen, ob etwas passierte.
»Unbedingt will sie. Ihre Mamma sagt, sie arbeitet viel zu viel. Was weiß die schon? Sie kann nicht wissen, worum es geht. Sie nicht. Du schon.«
»Ich?« Beate staunte, wie überrascht ihre eigene Stimme klang.
»Si. Du. Und du solltest darüber schreiben. Einen Ratgeber, das wäre es.«

Das war doch nicht zu fassen! Hörte Ijana überhaupt nicht zu?
Beate seufzte genervt. »Ich schreibe Romane, keine Ratgeber. Einen Ratgeber könnte ich selbst brauchen.« Wütend kratzte sie den eingetrockneten Milchschaum von ihrem Glas. »Meine Erfahrungen helfen niemandem, nicht einmal mir. Wer soll denn so was lesen? Wer nicht Bescheid weiß, wird das sowieso nicht glauben. Und die Betroffenen? Die lesen so was nicht. Warum sollten sie auch?«
Ijana lachte. »Worte, nichts als Worte.«
Am liebsten hätte Beate ihr das spöttische Lachen von den Lippen geküsst.

Weiß Ijana nicht, dass jeder Krebs, selbst der in der Brust, anders ist? Wo sitzt er, wie groß ist er, wie sieht er aus? Ist er konzentriert oder gestreut? Ein Krebs ist so individuell wie ein Fingerabdruck. Ähnlichkeiten gibt es, doch Indizien sind keine Beweise. Was soll ein Ratgeber bewirken, wenn jede Betroffene ihr eigener Präzedenzfall ist? Wie die Behandlung aussieht, muss sich erst herausstellen. Chemo ja oder nein, wie oft, Bestrahlungen, nur Medikamente oder Operation, oder beides? Alles? Bei der bloßen Vorstellung, über Krebs zu schreiben, schüttelte es Beate. Nur weil ich überlebt habe, muss ich davon erzählen? Was für ein grausamer, perverser Preis! Wo bleibt da die Verhältnismäßigkeit?

»Ich kann es nicht«, sagte sie.
Ijana strich die Zeitschrift glatt. Wieder und wieder,

bis ihr Beate das Magazin sanft aus den Händen zog. Herausfordernd sah Ijana sie an.
»Du, ausgerechnet du kannst es nicht?« Sie klopfte mit dem Feuerzeug auf den Tisch. »Du kannst es sehr wohl, ich habe dich doch gelesen. Erst diese Erzählung in der Anthologie. Dann den Roman, der den Preis gewonnen hat. Sag mir nicht noch mal, du kannst nicht.«
Hinter ihren verschränkten Armen fröstelte Beate. »Alte Geschichten.« Sie starrte auf ihr Glas. »Ijana, ich kann nicht mehr. Es geht nicht mehr. Ich kann überhaupt nicht mehr schreiben.«
Ijana rückte näher heran. Behutsam griff sie nach Beates Fingern.
»Ai. So kalt. Poverina.« Sie führte die kalte Hand zu ihren Lippen und küsste sie. »Ist das wirklich wahr? Das hättest du mir doch gleich sagen können!«
Sanft rieb sie Beates Finger und versuchte, sie zu wärmen. »Seit wann weißt du das? Wann hast du es gemerkt?«
Beate tat so, als müsste sie nachdenken. Was immer sie in ihrem Leben vergessen haben mochte, dieses Datum saß!
»Am Ende vom ersten Jahr nach der Chemo. Pünktlich zum Jahrestag der Diagnose. Ein Geschenk zum Jubiläum.«
»Cruda sorte! So singen sie in der Oper. Grausames Geschick.« Ijana hielt immer noch Beates Hand. »Poverina mia. Sag es mir. Erzähle es. Mir, deiner sorella di canceria.«

Wo könnte ich anfangen? Will ich überhaupt? Das Trauma der Diagnose? Schrecklich genug, dass es mich immer noch verfolgt. Bei jedem Arztbesuch, jedem Blick in den Terminkalender, Wochen vor der nächsten Mammografie. Der nächste Schock aber, dessen Folgen ich mit mir allein durchstehen muss, hat nicht nur mein Leben bedroht. Er hat sich gegen mich gerichtet, meine Seele angegriffen. Und meine Existenz.

»Ich war auf Hiddensee«, fing sie an. »Eve, eine Autorinnenkollegin, hatte mich überredet. Eine Ferienwohnung, direkt am Strand. Kein Verkehr, kein Internet, keine Ablenkung. Zwei Wochen Ruhe, so hatten wir es uns vorgestellt. Es wurden vierzehn schrecklich lange Tage.« Beate schluckte. »Der Abgabetermin rückte näher, eine erotische Geschichte war fällig, ich konnte den Termin nicht weiter hinausschieben. Pro Stunde eine Zeile, dann konnte es noch klappen. Ich musste anfangen, sonst wäre es mit der Karriere als Schriftstellerin vorbei.«

»Sag mal, Beate«, fragte mich Eve, »du schreibst doch Erotik. Welche erotischen Romane hast du gelesen?«
»Wie?« Die Frage erschreckte mich.
»Na los, sag schon. Wer schreibt erotische Literatur?«
Ich wusste es nicht zu sagen.
»Hast du mir nicht erzählt, du hättest die hundert wichtigsten Bände der erotischen Literatur studiert und analysiert?«
Hatte ich das?

»Komm schon. Nenn mir wenigstens zehn Schriftstellerinnen. Literaturgeschichte ist doch unser Steckenpferd. Schon vergessen?«
Eve quälte mich weiter.
»Dann wenigstens die wichtigsten Epochen.«
Frühstück. Mittagessen. Und da war doch noch was. Gattungen? Genres? Der Unterschied zwischen Prosa und Poesie, Belletristik und Bericht? Nicht einmal das Jahr, in dem der Erste Weltkrieg begonnen hatte, fiel mir ein. Zwei Weltkriege? Aha. Krieg, was für ein absurdes Konzept. Wer denkt sich so einen Unfug aus?
Eve verzweifelte fast, ließ aber nicht locker. »Nenn mir eine Kommaregel. Komm schon, irgendeine.«
Endlich konnte ich punkten. »Ja, das Komma. Das gibt es. Gehört zum Satz.«
Die Fragen prasselten auf mich ein. Aber alle Antworten steckten hinter Türen, deren Schlüssel ich verlegt hatte.
»Bitte, quäl mich nicht!« Ich hielt mir die Ohren zu und murmelte meinen Namen wie ein Mantra vor mich hin. Bea. Beate. Beate Berthold. Von der Badenergasse in Bürich. Beate. Bea. Beate Berthold.
Eve nahm mich endlich tröstend in den Arm. Mit letzter Kraft fragte ich: »Was doch? Was findest du nicht mehr bei mir?«
Sie biss sich auf die Lippen.
»Ist dir noch bas aufgefallen?«
Schlimmer kann es nicht werden, hoffte ich.
Eve holte tief Luft. »Du verwechselst Buchstaben. Erst hast du Was doch gesagt. Hast es nicht mal be-

merkt. Und jetzt erst Was noch. Dafür bas statt was. So was passiert dir dauernd.« Sie lächelte zauberhaft und ich wusste, ich würde ihr alles verzeihen, ganz gleich, was ich nun zu hören bekam.

»Soll ich es kurz und schmerzvoll in einem Aufwasch erledigen?«

»Lass es raus«, antwortete ich, »keine Hemmungen.«

»Also gut.« Eve sah mich streng an. »Oder besser: schlecht. Falsche Buchstaben. Und dann? Stellungsfehler. Dein Genitiv ist tot, der Dativ ist mit unbekanntem Ziel verreist. Deine Wenn-Sätze strotzen von würde, den Konjunktiv kannst du würdelos überhaupt nicht bilden. Futur ist für dich Zukunftsmusik. Keine Science Fiction, alles im Präsens. Und so weiter.« Sie schüttelte bedauernd den Kopf. »Wie du dich ausdrückst«, fuhr Eve fort, »das ist das Schrecklichste, meine Liebe, was ich seit langem gehört habe. Zum Glück bist du nicht so gut zu verstehen. Du nuschelst nämlich wie ein altes Weib, das sein Gebiss verlegt hat. Also. Grammatik an der Abendkasse, Aussprache nur bei der Sonntagsmatinee. Satzbau zur Weihnachtsvorstellung. Sorry, du weißt, Charme ist nicht gerade meine Kernkompetenz.«

Warum war ich nur mit ihr nach Hiddensee gefahren? Und dann noch diese Wohnung am flachen Strand! Ich fragte mich, ob ich bis zur nächsten Klippe laufen sollte, um mich von dort ins Meer zu stürzen. Oder gleich tot umfallen vor Scham. Eine Schriftstellerin, die nicht sprechen konnte!

»Ich habe deine Geschichten geliebt. Liebe sie immer noch. Aber jetzt? Du behältst den roten Faden nicht. Dafür drehst und wendest du die Sätze, bis sie völlig aus der Kurve fliegen. Immerhin, einen Lichtblick gibt es. Du verwendest nicht mehr so viel Helvetismen.«
«Voll nööd! Mach ich nicht. Sicher nicht.«
Eve seufzte. »Ja, das ist ein Fortschritt. Während deiner Chemo hast du nur im Dialekt geantwortet. Ich sage dir, an deinen E-Mails bin ich fast verzweifelt.«

Beate schloss die Augen. Sie hörte ein helles Lachen. So klang doch nicht Eve! Ach, ja, Ijana. Der Hiddensee-Horror ist Vergangenheit. Zurück auf dem Festland, habe ich einen Schlussstrich unter mein altes Leben gezogen. Einen von vielen.

Ijana spielte am Henkel der Kaffeetasse. Typisches Porzellan aus einer norditalienischen Manufaktur. Anders als die Standarddesignerausstattung eines dieser Trendlokale rechts und links der Limmat. Zürich konnte mit vielem punkten, aber nicht mit einem Straßencafé, das Geschirr wie aus dem Schrank der Nonna hatte.
»Hast du Hunger? Reden braucht so viel energia.«
Ijana wartete die Antwort nicht ab und stand auf. Beate sah ihr nach. Sie ist schön, dachte sie.

Schön und jung, auch wenn sich Frauen in ihrem Alter anders bewegen. Sie will sich die Schmerzen nicht anmerken lassen. Wer außer mir bemerkt schon die-

ses behutsame Vortasten? Das ist kein Prüfen, ob der Boden auch sicher ist. Es ist ihr eigener Körper, dem sie nicht mehr traut. Das erkennt nur eine, die Bescheid weiß. Wie sie mit den Armen rudert! Als wäre sie im Boot unterwegs. Würde sie dann aber nicht die Hüften ruhiger halten? Wie dem auch sei, das Wasser steht ihr bis zum Hals. Ich weiß es. Wir sind Krebsschwestern.
Ich kann es immer noch nicht fassen, wie attraktiv ich dich finde. Du musst das nicht wissen. Du hast eine Frau, und die ist das Beste, was dir hätte passieren können. Ich mag Robi, ich mag euch beide. Robi, die unverkopfte Intellektuelle, liebt die Natur wie sie die Menschen liebt. Und sie sieht verdammt gut aus. Hinreißend, wie sie in Latzhosen und Gummistiefeln aus ihren Weinbergen heimkommt. Wäre Robi nicht so vernarrt in dich, wäre sie längst über alle Berge. Sie lässt dir Schrullen durchgehen, die ich niemals akzeptieren würde. Ich weiß Bescheid über dich, Ijana, ich kenne mich und dich und unsere Egozentrik, die es anderen so verdammt schwer macht, uns zu lieben, mit uns zusammenzuleben. Diese Egozentrik ist das Erste, was uns der Krebs beibringt. Auf seinem Lehrplan stehen drei Buchstaben an erster Stelle. Ih, Ceh, Ha. Ich. Ich, ich, ich. Ijana geht noch in diese Lehre, ist erst im zweiten Ausbildungsjahr.

Beate rieb sich die Augen.
Ich kann nur hoffen, dass ich mir dieses Drehen um den eigenen Bauchnabel mittlerweile abgewöhnt habe. Wen könnte ich fragen? Frau Doktor Matter?

Sie kennt mich doch auch nur danach. Die Frauen, mit denen ich heute zu tun habe, kennen mich nicht von früher. Schon gar nicht Ijana. Sie weiß nur, was ich ihr über mich erzählt habe. Oder was meine Geschichten über mich verraten.

Beate sah durch das Fenster hinein in La Gatta d'Agata. Gerade schob die Kellnerin ein Tablett über die Theke. Ijana griff danach. Die kleine Flasche wackelte. Beate hielt den Atem an. Noch ein Stück, ein Zentimeter vielleicht, und die Bestellung ginge zu Boden. Gerade noch rechtzeitig rettete die Kellnerin alles. Mit gleichmütigem Gesicht brachte sie das Tablett selbst nach draußen. Ijana trottete hinterher.
»Prego, Signore.«
»Grazie«, sagte Beate, »grazie a Lei«, wieder einmal stolz auf ihre wenigen Brocken Italienisch.

Danke, bitte, Hilfe, wie geht es dir oder Ihnen, lebe in der Schweiz, heiße Beate, Italienisch kann ich nicht. Das immerhin beherrsche ich fließend. Der wichtigste Satz für die Liebe kommt mir auch flüssig über die Lippen. Ti amo. Ein Mann hat ihn mir beigebracht, und der war nicht einmal Italiener. Howard Carpendale stammt aus Südafrika.

Ijana rückte ihren Stuhl näher an den Tisch heran. Mit spitzen Fingern griff sie nach einer Olive auf dem Antipasti-Teller. Genüsslich kauend knetete sie ihre Hände. »Ai«, seufzte sie. »Kann sein, ich habe zu viel massiert. Meine Hände sind eingeschlafen.« Sie

ballte die Fäuste und klopfte leicht auf die Tischplatte. Der Löffel klirrte gegen die Espressotasse.
»Alarme, compagni. Aufgewacht. Es gibt Arbeit.« Entschuldigend sah sie zu Beate. »Faule Bande, meine Finger. Sie streiken.«
Das kommt doch nicht vom Massieren, dachte Beate. Sie sah Tränen in Ijanas Augen schimmern und schwieg.
»Sie haben mich verraten. Dabei wissen sie genau, dass ich sie brauche. Sie sind mein Beruf! Banditi! Carogna! Stronzi!«
Am Nebentisch wurde es schon wieder still. Für eine Dame gehörte es sich nicht, derart zu wettern.
Ijana kümmerte sich nicht darum. Sie war in Fahrt. »Nun ich arbeite schon so lange. Nur noch ein paar Jahre und mein Diplom hat Silberjubiläum. Und was machen sie, meine Finger? Probleme. Sie prickeln, sie krampfen, sind steif, dann ganz schlaff wieder. Tun alles unter Protest. Ach, es macht keinen Spaß mehr.«
Beate schnappte sich eine Olive und fütterte Ijana. Eine zweite folgte, eine dritte. Furchtbar muss das sein, dachte sie. Ein Beruf, der auf die Hände angewiesen ist, und auf einmal wollen die nicht mehr. Was kann eine Physiotherapeutin tun, die ihren Körper nicht im Griff hat? »Und jetzt eine von den getrockneten Tomaten, Ijana? Oder lieber Aubergine?«
Ijana kaute und schluckte. »Ich suche, nein, ich brauche eine Chance. Ich will unabhängig bleiben, selbstständig. Und gesund«, sagte sie. »Die Chance muss ich haben. Ich will es packen. Aber damit?« Sie ballte die Fäuste, bis sich die Fingernägel in ihre Handflä-

chen bohrten. »Warum, sag mir, Bea, warum ich?«
Warum nicht du, dachte Beate und zündete sich eine Zigarette an. »Du glaubst es also auch«, sagte sie schließlich. »Du glaubst, dass du nur den Grund für eine allzu harte Nuss kennen musst und schon ist sie geknackt, nicht wahr?«
Ein zögerndes Nicken.
»Also, liebe Ijana. Wer raucht, kriegt Krebs. Welchen? Egal. Da hast du deinen Grund.« Energisch drückte sie den angerauchten Glimmstängel im Aschenbecher aus und redete schon weiter. »Brauchst nicht so ein Gesicht zu machen. Gib einfach zu, du fühlst dich gekränkt. Gib einfach zu, du bist gekränkt. Wie Atossa. Genau, Atossa. Diese Königin von, ja, aus Persien. Die verbarg ihre kranke Brust in Tüchern. Dann schnitt sie beide Brüste wütend ab. Nein, natürlich nicht sie selbst. Ein Sklave, dem sie das befahl. Alles ab. Zack!«, sagte Beate. »Ich habe auch geglaubt, der Krebs hätte mich extra ausgesucht. Aus Rache. Für irgendetwas Vergangenes, das ich nicht bewältigt habe. Für unbedachtes Leben. Zu wenig Bewegung, zu viel Genuss. Und fürs Rauchen natürlich auch. Aber warum sollte er sich die Mühe machen, der feine Herr Krebs? Wir sind doch nichts Besonderes für ihn. Er kennt das alles längst. Seit den Pharaonen. Und noch früher. Er war immer da. Wir sind die Neuankömmlinge. Also. Warum du? Warum ich? Warum wir? Warum nicht?«
Verstohlen griff sie nach dem Zigarettenpäckchen. Sie sah hinein, schloss es und steckte es in die Handtasche. »Ich will nicht«, sagte sie leise. »Ich will den

Krebs nicht mehr. Den nicht und auch nicht die Angst vor jedem Termin beim Arzt. Vor jeder Kontrolle. Ich will das nicht mehr. Es muss sein Schluss. Finito. Ich will eine Zukunft.«

Sie hat Angst, dachte Beate. Immer noch. Wie wir alle, jede Einzelne von uns. Jede muss lernen, auf ihre Art mit ihrer Angst umzugehen. Ijana und ich, wir haben irgendwann angefangen, nach vorne zu sehen. Wir denken an unsere Rente und glauben, wenn wir uns um unser Alter kümmern, werden wir auch alt. Wir denken magisch. In der Hinsicht ist Ijana nicht anders als ich. Aber das andere, darüber spricht keine. Worüber ich nicht reden kann, darüber brauche ich auch nicht zu schreiben. So ist das. Kein Buch.

»Ich will eine Zukunft. Verstehst du, Bea? Eine Zukunft!«
»Ach, Ijana. Denk mal an Pompeji.«
»Pompeji?« Ijana sah sie verblüfft an. »Pompeji ist tot. Untergegangen wie Erculaneo. Ausgegraben, Ruinen. Menschenleer, voll mit Touristen.«
»Eben. Genau. Asche, Steine, Scherben. Pompeji. Oder hier. Hier bebt ständig die Erde. Oder Venedig. Venedig geht unter. Und da kommst du und fragst nach Zukunft. Ha!«
Ijana lachte auf. »Du bist mir eine. Also gut, wenn du schon anfängst mit Geschichte, dann aber auch richtig. Der Neandertaler. Na? Der war den ganzen Tag an der frischen Luft, bene. Hat Körner gegessen, Sa-

men, Beeren, Wurzeln. Hat das Fleisch selbst gejagt, ecologico, ohne Chemie, ohne Hormone und das alles. Geraucht er hat auch nicht. Und trotzdem, älter als fünfunddreißig ist keiner in seinem Stamm geworden. Nicht immer war ein wildes Tier schuld, oder ein Mammut, das beim Hinsetzen nicht aufgepasst hat.« Ijana warf sich geschickt eine Olive in den Mund. »So gesehen …« Sie kaute nachdenklich. »So gesehen, mit meinem Alter? Vierzig und zwei? Da wäre ich lange schon die Nonna von der ganzen Sippe. Eh?« Sie räusperte sich. »Aber mal im Ernst. Ich bekomme sie, meine Zukunft. Da, drüben bei Sant'Agata. Dafür sorge ich. Jeden Sonntag und Mittwoch stelle ich Kerzen vor dem Bild der Madonna auf. Vor der schwarzen Madonna.«

Sie denkt magisch. Wie ich.

»Und ich gestehe, am Mittwoch, da ist auch eine für dich dabei. Irgendjemand muss das doch tun, no?« Nachlässig zerzupfte Ijana ein Stück Brot, tunkte es ins Olivenöl und begann wieder zu kauen.

Glaubt sie wirklich, ich täte nichts? Was habe ich nicht alles durchgezogen an Drehs und Kniffs und Blendereien! Die komplette Trickkiste! Nach der Chemotherapie ließ ich mir einen Brillanten in die Eckzahnkrone setzen. Der blendet die bösen Geister. Und das ist längst nicht alles. Noch vor der Bestrahlung habe ich mir Lidstriche tätowieren lassen. Wie das weh getan hat! Da ist die Haut doch sowieso

empfindlich. Und nach der Chemo erst recht. Ich hielt durch. Schon allein wegen der Geister. Die sehen den Bestellstempel des Todes und wissen genau, wie eine Sterbenskranke auszusehen hat. Wer gut aussieht, kann nicht todkrank sein, und mit Lidstrich sah ich prima aus. Der täuschte über die fehlenden Wimpern hinweg. Damit ich die Geister endgültig versäckeln konnte, ließ ich mir in der Kur ein Arschgeweih und ein Nabelpiercing machen. Während die psycho-onkologischen Klinik ihre Mittagsruhe hielt. Kein Wunder, dass sich alles entzündet hat, wer verfügt in dem Zustand über Abwehrkräfte? Was hat der Kurarzt die Nase gerümpft, als er die Ursache für mein Fieber entdeckte!
»Frau Berthold. Warum?«, eröffnete er seine Strafpredigt. »Wie konnten Sie nur!«
Was er sonst noch gesagt hat, das habe ich nicht etwa vergessen, ich habe es erst gar nicht zur Kenntnis genommen. Ohren auf Durchzug, einsichtige Miene aufgesetzt, Schuldeingeständnis gemurmelt, dem Doktor versprochen, um den Tattooshop einen Bogen zu machen. Und dann fleißig Antibiotika geschluckt. Durchfall und Magenkrämpfe waren mir die Sache wert. Die Entzündung hatte ich nach ein paar Wochen ausgestanden. Wie hieß noch der Kurarzt? Der Name will mir nicht einfallen. Ist auch egal, ich werde ihn nicht wiedersehen. Wenn doch, würde ich ihm sein Warum nicht beantworten. Der hat sich ohnehin viel lieber selbst reden gehört. Wie hätte ich ihm das auch erklären sollen? Dass die Geister mit Block und Stift durch die Welt ziehen und alle, die

ungesund aussehen, für die Hölle vornotieren? Dass man von der schwarzen Liste fliegt, wenn man der Kontrollinstanz beweist, dass der eigene Name zu Unrecht darauf steht? Ich höre mich schon diskutieren: »Was soll das heißen, mein Platz ist hier am Höllentor? Sehe ich etwa so aus? Ist hier wer krank? Ich nicht. Irrtum vom Amt. Also hämmer's? Dann eis schöns Tägli noch.« Und ab. Argumentieren funktioniert bei Geistern, nicht aber beim Kurarzt. Der sieht nur Gespenster.

»Eine Kerze? Für mich? Vor der Schwarzen Madonna? Ach, Ijana. Das ist so lieb von dir.«
Ijana knetete schon wieder ihre Finger.
Ach verdammt, dachte Beate. Auch mich erwischen nach fünf Jahren immer noch Krämpfe, unangemeldet, wenn auch nicht mehr so schlimm. Und Ijana ist erst im zweiten Jahr.
»Musst du eigentlich viel massieren? Wie sieht es aus, kannst du deine Hände entlasten, Verschiedenes machen, einfach mehr Abwechslung?«
»Mach ich schon. Mein Katalog hat viele Seiten. Ich biete Shiatsu, Massage sportivo, classico, Thai, Fußreflexionen, Stonemassage. Akupressur. Lymphdrainage. Und, naturalmente, ambulante Krankengymnastik. Ich besuche die Leute daheim. Servizio a casa. Alles anders, nichts an meiner Arbeit ist monoton.«
»Toll. Aber hättest du auch die Möglichkeit, Kurse zu geben? Deine Hände würden sicher applaudieren.«
»Kurse?« Ijana runzelte die Stirn. »Nun ja. Tanzen Africano, das ginge, oder Yoga. Gymnastik, Tai Chi,

Qui Gong, Fünf Elemente, Rio Aperto.« Sie seufzte. »Schön es wäre. Der Raum fehlt. Meine Praxis ist dafür zu klein.«

»Gymnastik? Wassergymnastik! Du weißt schon, Aquapilates oder so. Ist doch der letzte Schrei. Dir fehlt nicht nur ein Kursraum. Einen Swimmingpool bräuchtest du. Nein, ein Hallenbad. Mit Fitnessraum.«

Ijana wurde knurrig. »Swimmingpool. Hallenbad. Am besten gleich einen Wellnesstempel mit Saunalandschaft.« Sie schnaubte. »Wie hat meine Vermieterin gesagt damals in Berlin? Wo du nicht bist, Herr Jesu Christ –, und dabei die Finger gerieben, als wenn sie Geld zählte.« Sie fegte ein paar Krümel vom Tisch. »Du wirst nicht glauben es, cara mia, aber so eine Wunderoase habe ich tatsächlich gestern angeboten bekommen. Nur, die Talerchen, du verstehst?«

»Was? Wie jetzt?«, stammelte Beate. »Sag schon. Wer? Und wo?«

Ijana grinste. »Ein Pool. Für mich.« Genüsslich kaute sie.

Beate trommelte mit den Fingern.

Die Olive war hinuntergeschluckt. Ijana streckte ihre Finger nach der nächsten aus. Beate legte ihre Hand über die kleine Schale. »Nichts da. Erst raus mit der Sprache, dann rein mit dem Futter.«

»Hat dir schon mal jemand gesagt, dass du süß bist, wenn du ungeduldig wirst?«

»Wenn dir deine Gesundheit lieb ist, meine allerliebste Ijana, rückst du jetzt besser mit der Sprache heraus.«

Mit leichter Hand gab Ijana Beate einen Klaps auf die Finger. Wie nebenbei sagte sie: »Miramare. Das Hotel direkt am Ufer, auf der Viale Quattro Settembre. Signor Martiroli hat mir seinen Pool angeboten.«
»So, so.« Beate verschränkte die Hände im Nacken und blinzelte in die Sonne. »Das Miramare. So, so. Hat das nicht vier Sterne?«
»Viereinhalb. Bis morgen muss ich mich entscheiden. Und dann Miete, Kaution und Hygienesteuer auf den Tisch legen.«
Beate sprang auf und umarmte Ijana. »Das ist ja großartig, Glückwunsch!«
»Du meinst, ich soll?«
»Aber klar. Greif zu!« Beate setzte sich wieder und zog die Olivenschale zu sich heran. »Und, wie viel, alles in allem?«, fragte sie mit vollem Mund.
Ijana zuckte mit den Schultern. »Weiß nicht. Das Geld habe ich sowieso nicht. Es sind noch ziemlich viele Arztrechnungen offen. Mamma Italia ist leider keine gute Mamma, wenn ihre Kinder krank sind.«
»Wie viel?«
Ijanas Augen blitzten. »Wie viel? Wie viel? Wie viel?«, äffte sie. »Quanta o costa? Egal. Ich habe es nicht.«
Beate rechnete. Ein paar Tausend könnte ich locker machen. Für eine Geschäftserweiterung mag es reichen. In Italien bestimmt. So hätte wenigstens Ijana eine Chance, ihr Leben wieder in den Griff zu kriegen. Sie kann es schaffen. Diese zehn Jahre zwischen uns machen den Unterschied.
»Du bekommst das Geld von mir«, sagte sie und freute sich darauf, nach ihrer Heimkehr wieder wie

damals als Studentin zu leben. Spaghetti mit Nudeln und zur Abwechslung Pasta mit Teigwaren. Hörnli waren doch eine klassische Schweizer Spezialität.
Ijana lächelte verlegen. »Du bist Autorin. Du hast doch auch kein Geld. Und heißt nicht Krösus.«
»Das lass nur meine Sorge sein. Mein nächstes, mein allerletztes Buch erscheint im Frühling, zur Buchmesse. Bis dahin sitzt du längst wieder im Sattel. Du hast doch alle Kontakte. Dein Netzwerk ist einzigartig. Du bist einzigartig.« Beates Gedanken überschlugen sich. »Du hast Charisma. Ich weiß, wovon ich rede. Wie viele Frauen streben danach, erfolgreich zu sein! Vor lauter Angst verpassen sie den Erfolg. Du aber hast genügend Mumm dafür.«
Verlegen sah Ijana auf ihre Hände.
Beate ging ein Licht auf. Eine ganze Lichterkette erstrahlte.
»Nächstes Jahr werde ich wieder Postkarten brauchen, fünfzigtausend Stück. Flyer, Plakate und all so was, Werbung für den neuen Roman. Du holst die Offerten ein, hier oder meinetwegen in Slowenien. Ich gebe dir das Geld dafür eben jetzt schon. Was du bis zum Druck mit der Kohle machst, ist deine Sache. Wie findest du das?«
Ijana runzelte die Stirn. »Zu was du brauchst die Sachen denn? Du machst doch nicht selbst deine Werbung.«
»Und wie ich die mache! Ich bin nicht bei so einem Publikumsverlag, dessen Marketingabteilung sich die Werbeplätze in den Hochglanzmagazinen etwas kosten lassen kann.«

»Ja, aber. Dieser Preis. Du hast doch einen Preis gewonnen! Das müssen sie doch berichten.«
Beate konnte Ijana ansehen, wie erstaunt die war. »Glaub mir einfach«, sagte sie. »So ein Preis ist eine tolle Sache. Ich habe mich sehr gefreut. Aber deshalb wird auch für mich die Werbung trotzdem nicht billiger.«
Ungläubig schüttelte Ijana den Kopf.
»Ijana.« Beate legte ihr die Hand auf den Arm. »Mir wurde auch geholfen. Lass mich ein wenig an dich weitergeben. Geschenke müssen wandern, sonst gehen sie verloren.«
»Werbung, klar«, sagte Ijana. »Ich brauche ja auch Visitenkarten, Flyer, Poster. Aufkleber fürs Auto. Und dann die Website. Das wird teuer! Zu teuer. Viel zu teuer.«
»Eine Website? Ach was. Social Networking, das ist das Zauberwort. Aktiviere online dein Profil und du wirst sehen, das ist die beste Werbung vor Ort.«
Ijana nickte. »Stimmt. Und vielleicht ich kann auch auf die Website vom Miramare. Ich muss Signor Martiroli fragen.«
Amüsiert beobachtete Beate, wie Ijana Stichworte in ihrem Smartphone notierte. »Basta. Ich werde den Verein für Jungunternehmerinnen anrufen. Versicherungen, Genehmigungen, Steuern, all die laufenden Kosten … Die wissen Bescheid. Und sie erledigen das alles für mich.«
»Mach das. Noch vor der Mittagspause.«
»Wenn du meinst. Aber du wartest hier auf mich, ja? Ich gehe rüber nach Sant'Agata. Am Brunnen ich

störe höchstens die Tauben mit meinem Telefonino.«
Ijana stand auf, nahm ihre Handtasche von der Stuhllehne und überquerte die Straße.
Beate sah ihr nach. Was ist los mit mir, fragte sie sich.

Wie lange habe ich jeden persönlichen Kontakt zu anderen Krebserkrankten vermieden! Er war mir unangenehm, nein, ich habe mich geschämt. Wie sehr, wurde mir in der Kur bewusst. Gleich am ersten Abend im Lasker-Zentrum. Im Speisesaal hatte ich neben der Terrassentür noch einen freien Platz entdeckt. Zwei Frauen saßen dort. Eine Weißhaarige, die andere in meinem Alter. Es waren Schwestern. Krebsschwestern. Vorgezogene Schultern. Einen Arm vor die versehrte Brust gehalten. Betont unauffälliges Zupfen am gepolsterten Büstenhalter. Verstohlene Blicke auf die Brüste anderer Frauen. Dazu diese eigentümliche Ausstrahlung, vertrocknet und doch erotisch. Sie lächelten mir einladend zu. Zu denen an den Tisch? Nie im Leben. Ich suchte mir einen Platz möglichst weit entfernt und setzte mich mit dem Rücken zu ihnen. Als hätten meine Schultern Augen, blieben mir die beiden von da an im Blickfeld. Die Jüngere erschien vom zweiten Tag an zu keiner der Mahlzeiten, niemand traf sie in der Raucherecke unter dem Garagenvordach, ihr Liegestuhl auf der Sonnenwiese blieb leer. Auf der Bank vor der Physiotherapie wartete die ältere der beiden.
»Es geht ihr gar nicht gut«, sagte sie.
Alle schauten kurz bei der Kranken vorbei, ich nicht.
»Später«, versprach ich. »Jetzt passt es gerade nicht so

gut. Ich bin schon spät dran. Fango, ich muss springen.« Der Termin bei der Psychologin hielt mich davon ab. Dann stand die Massage an. Es war wie verhext. Wenige Tage später stand ein Rettungswagen in der Auffahrt. Mit Blaulicht wurde die Weißhaarige ins Krankenhaus gefahren.
Die Bank vor der Physiotherapie blieb leer. Noch vor Beendigung meiner Kur hörte ich, dass beide gestorben waren. Ich verschlief die Trauerfeier. Diese zwei Frauen verfolgten mich in meinen Traum. Schweißnass wachte ich auf. Mit zitternden Fingern zündete ich mir eine Zigarette an. Blies den Rauch aus dem weit geöffneten Fenster. Springen werde ich nicht, beschloss ich. Es gibt sicher doch noch etwas anderes, als auf den schwarzen Wagen zu warten. Ich klopfte auf die Zigarette und verfolgte die Ascheflöckchen auf ihrem Flug.
Überlebende, dachte ich, ich brauche Überlebende. Wenn ich weiter bei den Kranken hocke, werde ich verrückt.

Lautes Gurren ertönte vom Straßenrand. Beate sah zum Blumenkübel hinüber. Dort saß eine Taube und äugte mit schief gelegtem Kopf nach den Krümeln unter dem Tisch. Puh, dachte sie. Glück gehabt. Keine Geister. Luftpiraten. Ratten der Lüfte. Eine Plage für Denkmäler, Kirchen, Pyramiden. Und für Wäscheleinen. Seit den Pharaonen. Du, Täubchen, warst schon immer da. Wirst weiter warten müssen. Fehlte noch, dass ich dich füttere. Die Taube flog auf, kreuzte die Straße und landete am Brunnen von

Sant'Agata, wo Ijana immer noch telefonierte. Beate beobachtete, wie sie temperamentvoll mit Händen und Armen redete. Ijana schien ganz begeistert zu sein von dem, was sie hörte.

Gibt es in Italien eigentlich eine Krebsliga wie bei uns? Oder nur dieses Europäische Institut für Onkologie in Mailand? Ob die sich da mit Alltagsproblemen beschäftigen, Kurse anbieten, Gruppen, Kraftwochenenden? Die Krebsliga handelt nach dem Motto, da zu sein, wenn es schwierig wird. Die machen das bei uns ohne Bürokratie. Handhaben sie das hier auch so?

Ijana saß immer noch mit übereinandergeschlagenen Beinen auf dem Brunnenrand. Beate staunte. Dass sie keine Angst hat um ihre weißen Caprihosen!
Sie sieht so liebreizend aus, da traut sich kein Stäubchen ran. Sogar die Tauben halten vorsichtshalber Distanz. Wie aus dem Ei gepellt, Gürtel und Sandaletten Ton in Ton, eine Spur dunkler als ihr zitronengelbes Top. Die Handtasche passt nicht ganz. Weiß, wie die Hosen. Die goldene Kette funkelt sehr schön in der Sonne, passé ist sie trotzdem. Hatte Ijana nicht gestern Abend gesagt, dass sie sich seit zwei Jahren keine neue Handtasche gekauft hat?

Ijana winkte. Die gespreizte Hand verstand Beate als Zeitmaß. Fünf Finger, fünf Minuten. Fünf italienische Telefonminuten. Es konnte also noch eine Weile dauern. Sie nippte an ihrem Mineralwasser und grinste. Ijana und ihre Handtaschen.

Wenn ich dagegen an Eve denke! Der Unterschied könnte nicht größer sein. Die stopft alles in ihr Daypack. Egal, was sie den lieben, langen Tag brauchen könnte, und das kann eine Menge sein, alles muss in den Rucksack. Darin kramt sie stundenlang herum, bis sie schwarze Hände hat von dem Filzstift, der bei der Sucherei die Kappe eingebüßt hat. Oder sie sticht sich in den Finger, weil die Anstecknadel aufgegangen ist. Die Nadel an der Rosa Schleife, die sie jedes Jahr im Brustkrebsmonat bei der Straßensammlung kauft. In Memoriam. Für mich und meinen Krebs, damit er mich in Ruhe lässt und damit er sie nicht erwischt. Die Schleife hat Eve immer bei sich, steckt sie aber niemals an. Sie hat eine Phobie vor Krebs. Dass sie mit mir nach wie vor befreundet ist, wundert sie selbst. Ich bin die Einzige, die sie in ihrer Angst versteht, ohne dass sie darüber reden muss. Auch ich fange an zu zittern, wenn wieder Oktober ist, der Monat der Rosa Schleifen. Alljährlich. Weltweit. Ich will davon nichts wissen. Ich ertrage die Schlagzeilen am Kiosk nicht wo ich doch nur Zigaretten holen will.
Eve geht es genauso. Sie ruft mich an und kurz darauf nehmen wir wieder die Fähre nach Hiddensee. Wir lesen keine Zeitungen, hören kein Radio. Internet? Fehlanzeige. Den Fernseher schalten wir nur für Kulturmagazine, Literatursendungen und Geschichtsdokumentationen an. Dazwischen arbeiten wir, sie an ihren Manuskripten, ich an Sätzen. Dazwischen üben wir. Kaiser, Könige, Kriege. Nach einer Weile war ich etwas besser geworden. Bäume, Blumen, Beeren. Das volle Programm. Synonyme,

Syntax, Sylt. Was passt nicht in diese Liste? Eve hatte unmögliche Ideen. Dieses ständige Brainjogging am Sandstrand hat geholfen. Eve wollte mein gestresstes Gedächtnis aus dem Schmollwinkel locken, das vergiftete Gehirn auf Hochtouren treiben. Eve hat mir geholfen. Und ich half ihr. Spätestens beim Abendessen. Wenn die Speisekarte Krabben bietet, als Cocktail oder Süppchen, am Spieß, als Ravioli, gegrillt, gebraten, im Salat, fragte sie kleinlaut »Krebse?« Ich antwortete ihr mit dem Satz, den die Psychologin in der Gesprächstherapie so gut drauf hatte. »Krebse gehören verdaut.«
»Stimmt«, sagte Eve dann und bestellte eine doppelte Portion. »Stimmt genau.«

»Was du lächelst denn so, mia carina?« Ijana stellte zwei Gläser mit Prosecco auf den Tisch.
»Alkohol schon vor dem Mittagessen?« Beate wehrte mit der Hand ab. »Na, du bist mir schon eine. Was gibt es zu feiern?«
Ijana lachte. »Das Leben, was sonst? Das Leben, naturalmente, und die Jungunternehmerinnen. Ai, was hatten die für gute Tipps!«
»Erzähl schon.«
»Du bist so ungeduldig. Aber gut.« Ijana räkelte sich auf ihrem Bistrostuhl, die Bastschnüre knirschten. Genüsslich stibitzte sie die letzte Olive aus der Schale. »Also. Sie finden die Idee gut. Machbar ist sie auch, sagen sie. Salute!«
Der Prosecco kitzelte Beates Gaumen. Sie stellte das Glas ab.

»So. Nun erzähl. Fang vorne an, berichte die Mitte und am Ende sagst du noch einmal Salute. Kapiert?«
»Capisco, si.« Ijana lachte wieder. »Commandanta Bea. Klingt gut.« Sie hob ihr Glas und prostete Beate zu.
»Also, wie viel brauchst du?« Beate hatte keine Lust, auf die Folter gespannt zu werden.
Ijana zog einen Schmollmund. »Ach, Bea. Das weiß ich doch erst morgen. Sie machen eine Liste mit allem, was ist nötig. Versicherungen, Steuer, tutti quanti. Aber eines ist ganz wichtig, sie haben gesagt. Ich muss noch einmal mit Signor Martiroli reden. Er will von mir Miete. Und sie sagen, nein. Auf keinen Fall. Meine Kunden sollen den Schwimmbadeintritt zahlen.«
»Da macht er nie im Leben mit!«
»Habe ich auch gesagt. Aber sie bestanden darauf, dass ich es versuche. Weißt du, mein Risiko ist kleiner so. Die Miete muss erst einmal reinkommen. Aber ich kann ihm Poolservice bieten, Reinigung, Wasser chloren und so. Statt Miete. Find ich gut. Dann ich weiß auch, dass alles sauber ist.«
Nachdenklich schob Beate die Unterlippe vor. »Haben sie dir sonst noch etwas geraten?«
Ijana warf die Hände hoch. »Madonna, was haben sie mir nicht alles geraten!« Sie nippte an ihrem Prosecco. »Nur von einem haben sie mir abgeraten. Ich soll Signor Martiroli nichts sagen. Er darf auf keinen Fall wissen, dass ich krank war.«
»So? Das haben sie dir gesagt?«
»Si. Extra betont haben sie es. Perché no, habe ich gefragt. Und sie haben gesagt, dass ich sonst nicht

herumkomme um die Miete. Und dass die dann höher wird sein, haben sie auch gesagt.«
»Verstehe«, knurrte Beate. »Wenn er ein Risiko spürt, dann will er vorher seine Schäfchen im Trockenen haben. Kann es überhaupt sein, dass er nicht schon Bescheid weiß? Dorf ist Dorf. Und Tratsch bleibt nun einmal Tratsch.«
»Aber nur, wenn es etwas zum Tratschen gibt. Ich hatte keine Glatze. Gut, mein Haar wurde etwas weniger. Aber ausgefallen, mit kahlen Stellen, ist es nicht. Miracolosamente. Sie tratschen, natürlich tratschen sie. Über Robi und mich. Sie verstehen nicht, warum wir keinen Mann abbekommen haben. Das bedauern sie. Uns bedauern sie. So ganz ohne Kinder. Darüber tratschen sie, aber nicht über meine Frisur.«
Worüber nicht geredet wird, das gibt es auch nicht, dachte Beate. Die Schachtel mit den rosa Ansteckschleifen steckt ganz hinten in meinem Schrank. Dabei hat mir niemand verboten, über den Krebs in meiner Brust zu sprechen. Mir etwas verbieten? Lächerlich! Als Glatze habe ich damals den Workshop geleitet. Sex und andere schöne Wörter – erotische Geschichten schreiben, so hat er geheißen. Interviews habe ich gegeben, Lesungen gemacht, mich sogar fotografieren lassen. Mit kahlem Kopf. Ich, Beate Berthold, eine Schriftstellerin, die alles sagen kann. Die keinen Hut, keine Mütze, kein Kopftuch trägt. Die sich nicht versteckt. Sich nicht und auch nicht ihren Krebs. Und dann wuchsen sie wieder, die Haare. Und was habe ich gemacht? Hastdunichtgesehen, saß ich im Schrank, auf der Schachtel mit den rosa Na-

deln, die Tür verrammelt. Wieder im Schrank. Nur nicht in dem mit dem Hintertürchen zur Szene. Der Community. Der Gay-Family.

»Scheiß drauf, Ijana. So wie du lebst, im Dunkeln, mit Robi. Schrank ist Schrank ist Schrank. Das macht krank. Und jetzt darfst du nicht einmal über deinen Krebs reden?«
»Ma, carissima, das tue ich doch. Ich rede. Und wie! Parole, parole, parole. In der Selbstgehilfegruppe, bei die Onkologin, mit die Laborantin, für die Psychologin ...«
»Aber deine Jungunternehmerinnen? Die verbieten es dir.«
»Eh?« Ijana stutzte. »Hm. Stimmt. Und das ist vielleicht sogar gut.« Sie zuckte mit den Schultern. »Signor Martiroli geht das doch an nichts. Für den kann es ruhig ein Geheimnis bleiben.«
»Geheimnisse. Es gibt so viele. Jede Frau hat immer ein paar auf Vorrat.«
Schon immer gehabt, dachte Beate.

Wie war das denn damals, mit den Schriftstellerinnen im neunzehnten Jahrhundert? Sie waren gezwungen, ihre Bücher unter Pseudonym zu veröffentlichen, sobald ihre Schreibfeder vom Kinder-Küche-Kirche-Pfad abwich. Nur Männer konnten Schriftsteller sein, solche, die etwas zu sagen und zu schreiben hatten, die ihre Meinungen, Ansichten, selbst die Gefühle zu Literatur verewigten. George Sand. George Eliot. Die Brontë-Schwestern. Und so weiter. Damen als Herren. Mit männlichem Namen wurden sie ernst

genommen. Sie machten das üble Spiel mit, es war ihnen nicht einmal peinlich.
Ihnen nicht. Mir schon. Bea schluckte. Mir war es unendlich unangenehm, an Brustkrebs erkrankt gewesen zu sein. Der hatte nichts mit dem zu tun, wofür mein Name stand. Erotik.

»Hätte ich bloß kein einziges Wort über Krebs geschrieben! Diese verdammte Geschichte. In dem verdammten Forum. Mit den verdammt vielen Klicks. Auf dem beschissenen Page Rank fünf.« Beate knallte ihr Prosecco-Glas auf den Tisch.
Erschrocken starrte Ijana sie an. »Was sagst du? Diese Geschichte, gerade die. Warum? Warum die nicht?«
Beate zwang sich zu einem schrägen Grinsen. »Du weißt genau, ich hätte sie nicht geschrieben, wenn die mich nicht dazu gezwungen hätten.«

Gezwungen? Druck ausgeübt? Ganz im Gegenteil. Die Krebsliga hatte mir für die Zeit der Chemotherapie ein Fernstudium in Literarischem Schreiben ermöglicht. Das war teuer, sehr teuer gewesen, und ich hatte mich dafür mit meiner Abschlussarbeit bedankt. Mangosorbet. Eine Geschichte über Krebs.

»Che buffoneria!«, brach es aus Ijana heraus. »Gezwungen? Diese Leichtigkeit bei allem Schweren, die kann niemand erzwingen. Es war deine Geschichte, die von der Mango. Die habe ich nach jeder Chemo gelesen. Immer wieder habe ich die gelesen. Zwei Schritte zurück, drei Schritte vor. Es wird vorbei gehen. Das hat mich begleitet, das ließ mich durchhalten, Bea! So war das. Basta.«

Jaja, dachte Beate, für dich bedeutet es Basta. Fertig. Ich hatte es doch gewusst, dass Mangosorbet in der Anthologie erscheint. Alle Abschlussarbeiten kamen da hinein, das war die Regel beim Fernstudium. Aber ich Idiotin musste die Geschichte auch noch ins Netz stellen, bei Krebsforen und sogar auf meine Website. Wer jetzt online etwas über mich erfahren will, taucht über kurz oder lang ins Mangosorbet. Und wieder geht es los. Dieses ständige Klopfen an der Tür!

»Du hast gut basta sagen«, brummte sie. »Du gibst keine Interviews, musst nie Angst haben, dass dich irgendwer nach dem dämlichen Krebs fragt.«

Und das nach Stunden in der Bahn. Alles wegen eines blöden Fotos. Immerhin, ich hatte schon wieder meine Haare. Aber es bleibt ein mühsamer Job, als kleine Autorin. Zu mir kommen sie nicht, die Zeitungsschreiber, die ehrenamtlich für ein Gratisblatt arbeiten. Ich reise. Selbstverständlich. Es gibt doch die Bahnhofsmission. Reisen und Schreiben, Schreiben und Sprechen. Alles kein Problem, oder? Mehr hat eine Autorin ja nicht zu tun.

»Papperlapapp«, schimpfte Ijana. »Wir hätten uns nie kennengelernt ohne deine storia. Ich musste dir einfach schreiben. Ich brauchte die Frau hinter der Geschichte. Der wollte ich grazie sagen, mille grazie.«

Sie griff nach Beates Hand, führte sie zu ihren Lippen und küsste sie. »So eine Mango konntest nur du erfinden, cara mia.«
Hastig zog Beate ihre Hand zurück. »Schon gut.« Ihre Ohren brannten. »Der Dank ist angekommen.«
»Und dann die, für die du den anderen Preis bekommen hast. Der Krebs schweigt. Was für ein Titel! Was für eine Geschichte. No, keine Geschichte. Die Wahrheit. Endlich man kann sie lesen. Wenn sie schon niemand ausspricht.«

Die Wahrheit? Die kenne ich doch auch nicht, dachte Beate. Was kann ich dafür, wenn sie mir durch die Finger gleitet? Als ich den Preis entgegennahm, herrschte Schweigen. Auch bei der Pressekonferenz hat mich niemand nach der Wahrheit gefragt. Der Saal voll Journalisten und alle wollten nur eines wissen. Wann der nächste Roman erscheint. Tuscheln habe ich sie gehört. Tuscheln und plötzlich still werden. Vier Jahre nach dem Mangosorbet ging das so. Und immer noch hat niemand nach der Wahrheit gefragt.

»E vero, außer in der Therapie redet darüber niemand. Und wenn ich damit anfange, falle ich nur einer anderen ins Wort.«
Du fängst immerhin damit an, dachte Beate. Du schon. Ich sitze in meinem Schrank und höre das Pochen. Aber ich verhalte mich still. Niemand öffnet von außen, niemand fragt. Und falls mich jemand fragen sollte, wie könnte ich antworten, dass mich der Krebs überhaupt nicht interessiert? Zu sehr war

und bin ich damit beschäftigt, wie ich das hinbekomme, mit dem Zug zu fahren, ohne die Bahnhofsmission zu bemühen. Ohne Eve. Irgendwohin. Zu einem Interview. Oder nach Italien. Zu Ijana.

»Ich bin so glücklich, dich als sorella di canceria zu haben. Mit dir ich kann über alles sprechen. Wir tauschen nicht nur Fallgeschichten aus, wir reden.«

Reden? Tue ich das denn? Habe ich Ijana je gesagt, wie verwirrend das alles hier für mich ist? Schon allein der verschlafene Bahnhof mit seinen drei Gleisen ist für mich ein Labyrinth. Weder mit noch ohne die Karten-App finde ich mich zurecht. Zum Glück lebt Ijana in einem Dorf. Egal, ob ich hier nach links abbiege, dort rechts weiterspaziere oder drüben die Richtung wechsle. So lange ich die Hauptstraße oder den Strand nicht aus den Augen verliere, steh ich schließlich immer vor Ijanas Haus. Bei meinem ersten Besuch hatte ich mich im Miramare einquartiert. Dort spielten mein Zimmer, der Speisesaal und die Rezeption andauernd Bäumchen-wechsle-dich. Das Hotel hatte sich gegen mich verschworen. Es blieb mir ein Rätsel, wie lange ich mich dort auch aufhielt.

»La Mango. Und das Schweigen des Krebses. Eh, Bea, du solltest wirklich über uns schreiben. Ein Buch gegen das Vergessen.«
»Papperlapapp«, blaffte Beate.
Ijana tauchte zwei Finger in ihr Glas und spritzte sie mit Prosecco an.

Beate wich lachend zurück. »Im Ernst, Ijana. Kein Mensch interessiert sich für meine Biografie. Dafür bin ich noch zu jung trotz eines halben Jahrhunderts auf dem Buckel. Meine paar Romane haben keinerlei Bedeutung. Glaub es mir doch bitte, ich bin uninteressant.«
Ijana zog die Augenbraue hoch. »Ach. Uninteressant. Du. Ausgerechnet.« Sie lachte laut. »Wie sagt man? Fishing for complimenti. Eh. Wer so eine attrattiva ist wie du, darf das. Du mit deinem Haar aus gesponnenem Silber. Das Buch wäre ein Goldstück.«
»Gold. Genau. Das war doch das Thema.« Beate hob ihr Glas. »Salute, Ijana. Auf dein Poolprojekt.«
Nachdenklich setzte Ijana das leere Glas ab. »Ich bin dir wirklich dankbar. Aber ich verstehe dich nicht. Für mich du traust dich und für dich nicht. Ich soll mich unterstützen lassen von dir. Von dir, du Feigling.«
Beate seufzte. »Versteh doch. Ich habe keine Lust, all die Widersprüche zu glätten. Plausibilität, Glaubwürdigkeit, das ist es, was eine Geschichte am meisten braucht. Eine Linie. Beim Krebs gibt es das nicht.«
»Doch. Doch, doch.« Vor lauter Gestikulieren warf Ijana ihr geleertes Glas um. »Es gibt den roten Faden.« Behutsam stellte sie es wieder auf. »Krebs, Diagnose, Therapie, Rekonvaleszenz und dann gesund. Da ist er, der Faden. Eh.«
Sanft nahm Beate Ijana das Glas ab und platzierte es auf dem leeren Nebentisch.
»Schau mal, Liebes. Krebs haben ist einfach nur doof. Krebs ist sinnlos. Wer liest, will Sinn.«

Beate holte tief Luft. Dann brach es aus ihr heraus. »Aber du! Manchmal wunderst du dich insgeheim, wie stark du gesehen wirst. Und hast Angst vor dem Tag, wenn alle Welt feststellt, sich in dir getäuscht zu haben.«

»Boah, was kannst du fies sein. Das finde ich jetzt wirklich nicht nett.« Ijana stupste Beate an. »Aber gut. Causa finita. Traumpool in Sicht. Die Finanzierung steht.« Sie seufzte. »Alles zum Greifen nah, wird mir wie Speck durch den Mund gezogen.«

»Eben. Sag ich doch.«

»Ma il tiempo! Die Zeit. Für mich hat der Tag zu wenige Stunden. Ich brauche zu lange für alles. Sogar zum Schlafen.«

»Lass mich raten«, sagte Beate. »Robi hat dir voller Vertrauen den Haushalt überlassen. Wo du ja sowieso fast den ganzen Tag daheim bist. Und du ...«

Ijana lächelte traurig. »Genau. Und ich. Ich will ja wirklich alles machen, habe die besten Absichten. Doch eh ich mich versehe, ist der Tag um. Robi begreift das nicht.«

Das bisschen Haushalt, hatte sie ihrer Ijana tatsächlich vorgesungen, die eine Zeile. Die andere, das macht sich von allein, hatte sie ihr erspart.

»Jeder Tag gibt ihr recht. Ich fühle mich schrecklich. Kann schlecht einschlafen. Stehe viel zu früh auf, um alles zu schaffen. Ich sage dir, Bea, ich habe Minderwertigkeitskomplexe, weil ich nicht mehr so bin wie früher, so fix, weil ich immer so schnell außer Atem bin, ach, Bea, ich sage dir, das kränkt mich.«

»Du Arme!« Beate bedauerte sie wirklich. Zu gut kannte sie das selbst. Der Druck von außen steigt, der Schlafpegel sinkt. Innerhalb Sekunden zeigte das Barometer Rekordwerte. Adrenalin pur. Lebe jetzt, lebe schnell. Gestorben wird später. Ijana will wie ich Unvereinbares: Stark sein in der Rekonvaleszenz. Im zweiten Jahr danach? Da wäre sie die Erste, die das schafft. Auch wenn es buchstäblich das ist, was ich mit der Lesereise damals selbst versucht habe.

»Hilft es dir, wenn ich dir sage, dass es mir genau so erging wie dir?«
Ijana zuckte mit den Schultern. »Nicht wirklich. Aber es tröstet, das schon.« Sie seufzte. »Immer diese Stimmungsschwankungen. Ich weiß, bei der Schilddrüse ist das normal. Als wäre mein Hals eine Bergwand und meine Stimmung die Kabine von einer Seilbahn. Die meiste Zeit weiß ich gar nicht, ob sie oben ist oder unten. Das ist doch nicht normal. Soll ich den ganzen Tag meditieren, oben auf dem Berg, allein wie eine eremita?«
Sie weiß es einfach nicht, dachte Beate. Ijana hat keine Ahnung oder sie nimmt es schlicht nicht zur Kenntnis. Es hat keinen Sinn, ihr zu sagen, dass Meditieren zur Nachsorge gehört. Rekonvaleszenz ist ein Fulltimejob. Auch wenn das absurd ist und unverständlich obendrein. Das bisschen Gesundsein schafft sich nicht von allein.

»Mhmm, Zeit«, murmelte Beate. »Wenn der Tag nicht reicht, nehme ich die Nacht dazu.« Sie zwinkerte. »So habe ich früher gelebt. Und dann musste ich es. Was hätte ich nicht alles dafür gegeben, wenn ich es auch noch gekonnt hätte!« Sie lachte und auch Ijana lächelte tapfer.

Wie soll ich ihr nur sagen, dass die Zeit nicht das eigentliche Problem ist? In den ersten beiden Jahren danach hätte ich das auch nicht für möglich gehalten. Was heißt da, ich hätte? Ich habe nur mit der Schulter gezuckt, als Frau Doktor Matter sagte: »Auf mindes-tens zwei Jahre müssen Sie sich einlassen.« Wie sich zwei Jahre Nachsorge anfühlen würden, das konnte ich mir nicht vorstellen. Was mochte es zu tun geben? Nach einer Grippe? Klar. Erst einmal kein Sport. Nach einem Beinbruch? Gymnastik. Aber jetzt? Was bedeutete Rekonvaleszenz? »Das ist bei jeder anders«, sagte Frau Doktor Matter. Die Krebsforen hatten auch nicht mehr dazu beitragen können.

»Versuchen wir es mal so«, sagte Beate. »Was hältst du von einer Zugehfrau?« Ijana sah sie verständnislos an.
»Eine Haushaltshilfe. Zweimal in der Woche drei Stunden Putzen, Bügeln, Abwaschen. Später vielleicht eine Spülmaschine?« Beate bezweifelte, dass Robi sich je für ein solches Gerät begeistern könnte. Schon der Fön war ein untragbarer Stromfresser.
Ijana seufzte erleichtert. »Und ein Gärtner«, sagte sie eifrig, »der muss auch sein. Mit dem Pool ist die Signora bald bezahlt, und der giardiniero auch.«

Warum hatte sie nur den Garten übernommen, als sie zu Robi zog? Freiwillig! Sie wusste doch, dass von ihren zehn Fingern kein einziger ein grüner Daumen war. Nur weil Robi kaum Miete verlangte und nicht über die Nebenkosten diskutierte, hatte Ijana geglaubt, sie müsste sich um den Garten kümmern. Anfangs machte es ihr Spaß, vertrocknetes Unkraut zu zupfen, doch längst bestimmte ihr Körper, wann sie ernten durfte.

»Wenn du schon dabei bist, deinen Alltag leichter zu machen …«

»Si? Hast du noch mehr Ideen? Was noch, die colf, der giardiniero, wer noch?« Ijana raufte sich die Haare.

Nur Frau Räber, die Therapeutin, wusste, wie sehr meine Lebensqualität gelitten hatte. Allgemeinbildung fort, Sprache hinüber. Desorientiertheit ruinierte die Bilanz endgültig. Und dann diese Blähungen, die aus heiterem Himmel losdonnerten! Das ist doch nicht sexy!

Menschen, die Sie neu kennenlernen, Frau Berthold, werden Ihre charmanten Schrullen lieben und sie schätzen, hatte die Therapeutin gesagt. Ausgerechnet Frau Räber, die mitten in der Sitzung die Nase rümpfte. Zugegeben, es hatte wirklich gerochen.

»Nicht noch mehr Leute, Ijana. Nicht mehr, sondern weniger ist Trumpf. In deinen Schränken, in der Küche, im Bad, einfach überall.«

»Auch im Kleiderschrank?«

»In den ersten Jahren danach trug ich nur schwarz, grau und anthrazit. T-Shirt, Jeans, Strickjacke. Ach ja, Schuhe und Socken natürlich auch.«

»Warum denn das?«
»Willst du, Ijana, deine Energie vor dem Kleiderschrank verschwenden? Ich greife hinein und weiß, es passt. Und passt zusammen. Kaum zu glauben, aber mich entlastet das wirklich. Wie viele Gürtel sind in deinem Schrank?«
»Genau halb so viele wie Schuhe. Muss alles schön zusammen passen, carina mia.«
»Die Handtaschen sind auch abgestimmt, nicht wahr?«
Ijana nickte und lachte.
»Und? Bist du morgens so schnell angezogen wie früher?«
Verlegen spielte Ijana mit ihren Kräusellocken. »Ich bin schon erschöpft, eh ich das Haus verlasse. Habe ich morgens einen Termin, lege ich mir am Abend vorher die Sachen hin und dusche.«

Nur noch ein einziges Shampoo benutze ich. Und das gleich auch als Duschgel. Lidschatten, Wimperntusche, Lippenstift, Concealer, Parfum, davon findet sich nichts mehr in meinem Badezimmer. Im Kühlschrank wartet das Nötigste. Besteck oder Töpfe, die ich nicht täglich brauche, habe ich in den Keller verbannt. Den Vorratsschrank haben die Spinnen als unwirtlich aufgegeben. Unter der Spüle stehen nur noch die wirklich nötigen Putzmittel. Was vom einstigen Überfluss aufgebraucht ist, kaufe ich nicht mehr nach. Essig ist gut für den Salat und noch besser gegen den Kalk. Das Spülmittel eignet sich auch zum Fensterputzen. Weniger ist mehr. So fordern es die Minimalisten und verweigern den Konsum. Ihr Cult of Less kam mir gerade recht. Hundert Dinge reichen für ein gutes Leben, sagen sie. Hin und wieder zähle ich nach und lasse immer mehr Ballast hinter mir.

»Schade, dass man sich nicht am Samstagabend für die ganze Woche vorwaschen kann, Zähneputzen inklusive.«
»Oh, das geht schon.« Ijana runzelte die Stirn. »Naturalmente, è possibile. Wenn wir vorher auch für die ganze Woche essen. Am besten Rohkost. Gelbe Rüben putzen die Zähne gleich mit. Oder Äpfel? Egal. Madonna, was für eine Zeitersparnis! Am besten, wir essen gleich für den ganzen Monat.« Mit spitzen Fingern fischte sie sich eine getrocknete Tomate aus der Schale. Ein Tropfen Öl lief am Handgelenk entlang.
Beate schob ihr den Serviettenhalter über den Tisch. »Dann aber Nägel mit Köpfen. Fernsehnachrichten höchstens ein Mal im Jahr, und die Rechnungen werden am ersten Januar fürs ganze Jahr erledigt.«
»Nur einmal im Jahr Nachrichten? Il vero paradiso! Sind ohnehin immer die gleichen. Katastrophen, Katastrophen, Katastrophen, Männer, Macht, Mafiosi. Gute Menschen zahlen, schlechte kassieren. Und wenn es nur die Zeit ist, die sie uns stehlen.«
»Was heißt denn da nur? Zeit, die ist es, die brauchen wir. Von ihr sind wir abhängig. Jede unserer Zellen, jede einzelne verflixte Zelle braucht Zeit. Wer weiß, wie lange noch. Die Halbwertzeit ist bei jeder Chemo anders. Die armen Zellen, was haben sie nicht alles

mitgemacht! Die Blutkörperchen, jeder Nerv, jede einzelne Hautschuppe, Haarfollikel, jede einzelne Zelle ist betroffen. Getroffen. Abgeschossen. Platt gemacht mit der chemischen Keule.«

Ijana zog eine Serviette aus dem Halter. Umständlich tupfte sie an ihrer Hand herum. »Wenn die Haare wieder da sind, wachsen, sich kringeln wie es ihnen gefällt, dann ist doch alles wieder gut. Capelli bene, tutto bene.«

Langsam schüttelte Beate den Kopf. »Haare gut, alles gut?« Sie zögerte. »Ich kann nicht in deinen Körper schauen«, sagte sie endlich, »aber selbst das beste Mikroskop kann dir keine Gewissheit geben.«

Ijana schluckte, presste die Lippen zusammen.

»Ich weiß nicht, wie es bei dir ist. Bei mir …« Beate konnte nicht weiterreden.

Bei mir schaltet manchmal sogar das Hirn ab. Ich sitze auf einer Parkbank, es regnet, ich will heim und habe vergessen, wie ich aufstehen soll, dass ich um Hilfe bitten, dass ich überhaupt etwas sagen kann. Um mich herum ist es nass und kalt. Es wird dunkel. Alle Automatismen sind blockiert und ich kann nichts dagegen tun. Die Leute denken, da sitzt eine Verrückte, ein Junkie. Eines Tages wird es passieren, dass ich mich in einem Krankenwagen finde, der mich zur Psychiatrie fährt.

Sie suchte nach Worten. »Ich fürchte mich davor, eines Tages nichts mehr zu können«, versuchte sie es. »Ich habe das Gefühl, ich kann mich auf meinen

Körper und meinen Kopf nicht mehr wirklich verlassen. Es ist so anstrengend, immer tapfer zu sein.«

Mitten in der Rekonvaleszenz, zwischen Sprechübungen, Schreibversuchen, Konzentrationstraining und Alltag packte es mich. Ich bewarb mich für einen Marketingkurs. Coaching for Coaches, das klang interessant. Die Voraussetzungen hatte ich. Eigentlich dachte ich mir die Bewerbung als Test. Eine Art Vortasten, gleichsam mit den Zehenspitzen, ob das Wasser noch warm genug war. Die Bewerbung als solche und der Begleitbrief, die war der Sinn der Übung. Ob ich so etwas noch oder schon wieder zustande bringe, wollte ich wissen. Und dann kam die Zusage. Nicht im Traum hatte ich damit gerechnet. Ahnten die denn nicht, dass ich alles vergessen hatte, was ich jemals über Werbetexte oder Public Relations überhaupt gewusst haben konnte? Auf Kommando, unter Zeitdruck konnte ich doch gar nichts mehr! Schon die Waschmaschine zu leeren, war Stress für mich. Ohne meinen Nachbarn wäre die Wäsche verschimmelt.
Jürg Tanner ergänzte als Hauswart seine Schlosserrente, goss Blumen, leerte Briefkästen für die Urlauber, reparierte Möbel, schloss Lampen an, schraubte neue Leuchten in die Fassungen und trug Einkäufe bis in den fünften Stock. Im Erdgeschoss kümmerte er sich um mich und mein Zweizimmerappartement. Mein Nachbar ließ mich nicht aus den Augen. Als ich ihm verzweifelt erzählte, was ich mir mit der Seminarbewerbung eingebrockt hatte, war sein Kommentar: »Klasse, Mädchen! Alles kein Problem, ich bring dich

hin. Und hol dich auch wieder ab, mis Häntscheli.«
Er holte mich tatsächlich ab. Auf der Rückfahrt schlief ich jedes Mal ein. Und ich hatte noch mehr Glück. Alle empfanden mich als klug und redegewandt, obwohl ich oft nach Worten suchte und nicht immer die richtigen fand, bisweilen stotterte. Frau Räber, meine Therapeutin, hatte also doch recht. Charmante Schrullen waren erlaubt und wirkten sympathisch. Zwar kann ich noch heute nicht alle Notizen entziffern, aber das weiß ich noch: In meiner Präsentation ging es um einen Werkzeuggroßhandel. Wie aber habe ich es geschafft, die schriftliche Prüfung sogar als Kursbeste abzuschließen? Immerhin erinnere ich mich an die Rückfahrt von der Diplomfeier. Mit einem Ruck war ich aufgewacht, das Zertifikat in der Hand. Es war feucht, meine Tränen tropften immer noch darauf. So geweint hatte ich das letzte Mal vor ein paar Jahren, als ich mir während der Chemotherapie über den Kopf fuhr und ein Büschel Haare in der Hand hielt.
Nach der Beendigung des Kurses lag ich wochenlang flach. Das bisschen Lernen schafft mich von allein, sah ich ein. Aufmerksam bleiben, Notizen machen, fragen, antworten, in den Pausen plaudern, immer wieder Wissen abrufen. Schriftlich, mündlich, vernetzt, und alles ohne Mittagsschlaf. Das war ich nicht mehr gewohnt. Der Sandmann sah es als seine Pflicht, jedes Mal nachzuliefern, mit Zins und Zinseszins. Ein 13. Gehalt gehörte zu seinem Tarif. Ich zahlte ihm gern, denn eine kurze Zeit hatte ich an der Gesundheit schnuppern dürfen. So also roch Leben.

»Meinst du, ich schaffe das alles nicht?«, fragte Ijana, die sich an das Packen für ihr Wochenende bei Beate erinnerte. Sie hatte vor dem Schrank gestanden, unfähig, ihren Koffer zu füllen.
Du kannst nicht warten, bis es gut sein soll, dachte Beate. Du musst es ausprobieren. So jedenfalls habe ich es gemacht. Zwischendurch habe ich immer mal Gas gegeben und dabei natürlich überdreht. Um ja nicht den Zeitpunkt zu verpassen, wann ich das Gaspedal ganz durchtreten konnte, überschritt ich oft meine Grenzen.

»Hast du Angst? Vergiss die Angst. Willst du etwa warten, bis alles gut ist?«
Ijana zog eine Augenbraue hoch.
»Wirst dich daran gewöhnen müssen, öfter mittelmäßig als großartig zu sein«, sagte Beate. Ich klinge ja wie Frau Doktor Matter. Die hält sich übrigens immer noch bedeckt, ob sie für mich eher auf Homöopathie setzt, auf Anthroposophie oder auf die Traditionelle Chinesische Medizin. Was überzeugt, heilt auch, Frau Berthold, sagt sie. Ob Globuli, Nadeln, Misteln oder Kräuter. Ernährung, Meditieren, was auch immer. Probieren Sie es aus.

»Glaub mir, Ijana. Du hast den Mumm, eigensinnig mittelmäßig zu sein.«
»Mhm. Mhmmm. Mhmmmm.«
»Ah ja. Könntest du bitte mal deinen Übersetzer anwerfen? Ich kann kein Italienisch, weißt du doch.«
Beate schmunzelte.

»Come?« Ijana schien wie von weit her zurückzukommen. Ihr Blick wanderte von Sant'Agata zu Beate. »Mi scusa.« Sie griff nach ihrem Smartphone, gab eine Nummer ein und legte los.

Beate stand auf. Stühle mit Bastschnüren sind unbequem, dachte sie. Mein Körper fühlt sich an wie Füße nach einem Waldlauf in zu engen Schuhen. Wo ist die Toilette?

Nachdem sie eine Wendeltreppe erst hinunter- und dann wieder hinaufgestolpert war, ging sie zur Bar, bestellte und kehrte mit beladenem Tablett an den Tisch zurück. Noch bevor die Tässchen mit Espresso und eine Flasche Mineralwasser auf dem Tisch standen, schnappte sich Ijana die Schale mit Chips und Erdnüssen. Sie kaute und palaverte dann weiter in ihr Telefon hinein.

Wie ein Wasserfall, dachte Beate. Es ist und bleibt mir ein Rätsel, wie zwei Menschen einander verstehen, wenn sie gleichzeitig sprechen. Italienerinnen schaffen das. Keine Ahnung, wie, aber am Ende des Gesprächs hat jede mitbekommen, was zu sagen war.

Beate räkelte sich auf dem unbequemen Stuhl und zeigte der Sonne ihr Gesicht. Entspannen, damit kann man nun wirklich nicht früh genug am Tag anfangen. Ob ich mir dafür den Wecker stelle?

Ijana unterbrach ihr Gespräch. »Momentito, carissima mia«, sie lächelte entschuldigend, »ich muss noch mal jemanden anrufen. Aber das geht jetzt wirklich schneller, versprochen.«

»Na, dann mach mal. Was du heute kannst telefonieren, muss dein Gedächtnis nicht verlieren.« Beate zwinkerte ihr zu.

Meine Ijana steht unter Strom. Aber sie weiß, was zu tun ist. Ich sehe es ihr an, sie ist wieder am Netz. Sie packt es. Sie hat es einfach, dieses Je ne sais pas quoi, das, vor dem jeder Franzose in die Knie geht. Dieses gewisse Etwas vermisse ich bei Eve. Es könnte aus ihr, attraktiv, talentiert und gescheit wie sie ist, einen erfolgsgewohnten Menschen machen. Mit einigen ihrer Märchen hat sie Preise gewonnen, wurde als Stadtschreiberin eingeladen, war Ehrengast bei Literaturfestivals. Aber zum Schriftstellerinnendasein braucht es mehr. Was eine Schreiberin zur Schriftstellerin macht, das habe ich erfahren müssen. Ohne Bildung keine Bilder. Ohne Geschichte keine Geschichten.
Was ist bloß mit mir los, ich kann es doch längst wieder. Wenn ich endlich einmal warm geschrieben bin, dann laufen sie fast von allein, die schwulen Sexkapaden. Als Bernd Breitenmoser, König der Klappe, spreize ich die Flügel und schreibe los. Nur Beate Berthold pflegt weiterhin ihre Narben.

»Mittelmäßig? Ich? Ha! Ab morgen habe ich eine Signora für den Haushalt. Und ihr Mann hilft uns im Garten.« Ijana lächelte glücklich. »Aber erst kommt seine Schulter dran. Er hat sich verhoben, bei der Weinlese. Robi kennt ihn, er kann arbeiten. Wenn seine Schulter mitmacht.«
Beate prostete ihr mit Mineralwasser zu.

»Salute! Was für ein Tag, mia sorella! Nachher kommt Signore Martiroli und bringt den Vertrag. Damit gehe ich morgen früh zu den Jungunternehmerinnen. Basta.« Sie knetete ihr Daumengelenk. »Finito la commedia. Das Theater ist aus, lass uns beginnen zu leben.«

»Na, da wird Robi aber staunen.«

Einen Augenblick war Ijana reglos. »Robi?«, sagte sie dann, »die habe ich gerade vergessen. Sie hasst Überraschungen. Wie bringe ich es ihr bei?«

»Vielleicht erst einmal gar nicht? Wenn die Signora durch eure Küche wedelt, dann wird Robi es auch so merken.«

Ijana horchte auf. »Kannst du schon wieder lügen?«

»In letzter Zeit wieder vermehrt«, sagte Beate. »Jetzt, wo ich nicht mehr sterbe, riskiere ich es gelegentlich zu lügen.«

»Ja, aber ...« Ijana suchte nach Worten. »Das weiß doch tutto il mondo, dass einem alle zehn Minuten eine Schwindelei über die Zunge rutscht. Kein Wunder. Wahrheit tut weh.«

»Ich weiß nicht, Ijana. Lügen verletzen genauso. Vielleicht noch mehr. Wann muss eine Lüge sein, wann nicht, wer weiß das schon?«

So sehr ich mir auch Mühe gebe, keine emotionale Dreckspur hinter mir herzuziehen bis an mein Lebensende, die Menschen wollen belogen werden. Auf Dauer hält niemand die Wahrheit aus. Auch ich nicht. Aber wehe, jemand zweifelt an meiner Redlichkeit, meiner Hilfsbereitschaft, oder hält mich gar für die Egoistin, die ich bin! Ich weise jeden Vorwurf von mir. Was tue ich nicht alles für ein wohlgefälliges Dasein, selbst um den Preis einer Lüge! Wer kassiert den überhaupt? Bis nach Rom würde ich nicht gehen. Es gibt zu vieles zwischen Himmel und Erde, als dass es unter einem Kirchendach Platz hätte.

»Du musst das doch wissen als Autorin«, sagte Ijana. »Du schreibst, und über deine Lügen wird die Wahrheit zu einer Geschichte.«
Beate schmunzelte. »Im Grunde ist jeder Text eine Lüge. Die Homestory in der Zeitung wie der große Nachkriegsroman. Alles Fiktion. Und eine Autobiografie erst recht.«

Biografie. Ich hätte das Wort nicht sagen dürfen. Jetzt habe ich ihr schon wieder eine Vorlage geliefert.

»Selbst wenn sie gelogen ist.« Ijana grinste breit. »Selbst wenn du schwindelst, dass sich die Tastatur biegt. Du musst deine Biografie schreiben. Basta!«
An diesem Siegerinnenlächeln musste jeder Widerspruch scheitern.
»Und wenn du tatsächlich nichts von dir erzählen willst, was tut es? Dann bedank dich wenigstens mit deinem Roman, grazie a tutti, bei all denen, die dir geholfen haben.«

Verdammt noch mal. Muss Ijana wirklich auch noch diese Trumpfkarte ziehen? Das ist jetzt kein Spiel. Alle Mann in die Boote. Frauen und Krebse zuerst.

Wie hieß noch der Geschäftsmann, der zu Weihnachten das ganze Theater buchte und die komplette Onkologie ins Musical einlud? Rollstuhl, Tropf, Rollator, Kopftuch, Mütze, Perücke, für alle endete das Event mit Canapés und Fingerfood. Am Ausgang standen Leute von der Krebsliga und überreichten jeder und jedem ein Säckchen mit tannengrünem Geschenkband. Ich hatte mit dem Mann gesprochen, erinnere mich an sein Lächeln. Es war voll Mitgefühl und ohne eine Spur Mitleid.

»Hast du dir helfen lassen?«, fragte Ijana hinter vorgehaltener Hand.
»Darüber habe ich nie nachgedacht«, sagte Beate. »Ich habe es einfach getan.«
Das braucht sie nun wirklich nicht zu wissen, was meine Freundinnen nie erfahren haben, dachte sie. Die ersten zwei Jahre hatte ich das bisschen Haushalt nicht im Griff. Ohne meinen Nachbarn wäre ich im Staub versunken. Versumpft in einer völlig versifften Wohnung. Das geht niemanden etwas an, wie sehr ich mich dafür schäme. Immer wenn ich bei den Ärzten war, hat er meine Bettwäsche gewechselt, das Bad geputzt, gespült und gesaugt. Ich kam zurück und stand in blitzblanken Zimmern. Ritter Jürg mit der Staubwedellanze. Danke, Herr Tanner.
Rekonvaleszenz ist nun einmal kein Schreibtischjob mit festgelegten Bürozeiten. Gesundheit bewegt sich nicht linear, sie sprießt nach allen Seiten, bildet Blindknospen, wuchert, und wie! Alles schien mir maßlos vergrößert. Der Alltag ein verwilderter Garten,

in dem das Unkraut hinten nachwuchs, während ich vorne noch jätete.

»Sich helfen lassen, jetzt, das ist schwer. Una tragedia.« Ijana ließ ihre Finger über der Schale kreisen und pickte dann die letzte Erdnuss heraus. »Seit ich nicht mehr krieche, bestehe ich darauf, auf meinen eigenen Beinen durchs Leben zu gehen. Basta.«
Beate biss sich auf die Lippen. »Ich war eine sehr stolze Person. Lang ist's her. Selbstständig. Und dann war da kein ständig mehr, da hieß es nie mehr.«
Suchend glitt ihr Blick über den Tisch. Wo waren die Zigaretten? Sie hielt sich am Feuerzeug fest. »Vielleicht solltest du Robi mehr vertrauen«, fuhr sie fort. »Ihr mehr anvertrauen. Solange du ihr alles Mögliche verschweigst, habt ihr keine Chance. Wie soll sie dich denn verstehen? Du holst dir den Aschenbecher und drückst dann deine Zigarette in der Tasse aus und Robi dreht dir den Hals um.«
Ijana ballte die Fäuste. Das ging ihr nun doch zu weit. Auch wenn der Krebs ihr Denken dominierte, ihre Erinnerung besetzte, sich überall einmischte, in jedes Tun, in jedes Gespräch, jeden Gedanken, wenn er alles für sich nahm, sie völlig vereinnahmte, ihr Leben auslöschte, ein paar Geheimnisse musste es geben! Niemandem hatte sie gestanden, wie faul sie geworden war, und dass sie es manchmal nicht schaffte, aus ihrem Bett zu steigen, musste ihr Geheimnis bleiben. Sie knurrte ungehalten. »Ich will nicht mehr. Keine Macht dem Krebs. Keine, hörst du? Nulla. Es ist genug. Keine Zeit mehr. Nulla seconda più.«

»Ach, Ijana. Drück mal einen Ball unter Wasser. Wie lange hältst du das durch?«
»Ich bin stark.« Ijana ließ ihren Bizeps anschwellen.
Beate griff lachend zu. »Wow.«
»Glaub ja nicht, das wären die einzigen Muskeln.«
»Schade, dass wir hier auf offener Straße sitzen. Den Rest würde ich auch gerne überprüfen. Wo sollte ich anfangen, am Bauch, am Po? Oder erst mal am Knie?«
Ijana schlug Beate auf die Finger. »Sfacciata. Frechdachs!«
»Ja. Du starke Frau, du hältst ihn bestimmt lange unten, den Wasserball. So lange, bis du vergessen hast, dass du ihn hältst. Aber er ist noch da und taucht auf einmal wieder auf.«

Bald nach der Kur warf ich alle Büstenhalter in den Müll. Bisher hatte ich nie einen getragen. Meine Brüste waren gleich groß, klein und leicht gewesen. Und beide wunderbar empfindsam. Warum also jetzt? Die meisten Frauen haben doch ungleiche Brüste. Eine Seite ist fast immer schwerer oder voller oder größer, ob mit oder ohne Narben. Keine Brust muss sich verstecken, sich einzwängen in Körbchen mit Bügeln und Polstern.
Doch dann zeigte mir der nach unten gedrückte Ball wieder sein grinsendes Krebsgesicht. Mitten in meiner Küche, beim Abwasch. Ich warf mich ins Taxi, ließ mich zu einer Dessousspezialistin fahren und tippte nach kurzer Beratung meine Geheimnummer in das Kartenlesegerät. Ohne gepolsterten Büstenhalter trat ich nun nicht mehr vor meine Wohnungs-

tür. Sauna? Schwimmbad? Sex? Ach, Sex. War da mal was gewesen? Kleiner Rückschritt, na und? Umdrehen und weiter ging's. Nichts ohne meinen Büstenhalter, stand über dem Wochenplan.

»Ich erzähle vom Pool und du wirfst mir einen Ball ins Wasser. Du bist gemein.«
»Dann setz dich doch auf ihn. Oder klemm ihn dir zwischen die Beine. Niemand zwingt dich, ihn mit den Händen festzuhalten.«
»Ich will ihn nicht. Capisci?«
»Klar kapier ich das. Und was willst du dann, meine liebste Krebsschwester?«
Ijana starrte sie aus großen Augen an.
Wenn Blicke einen aufspießen könnten, dachte Beate, ich wäre jetzt Schaschlik. Was würde Frau Doktor Matter sagen? Die einen halten den Ball unter Wasser. Die anderen werfen ihn weg, so weit er fliegt. Wieder andere haben nie einen gehabt.

Ja, schau du nur, Ijana. Ich war auch erst sauer, als einige Freundinnen mir mit der spirituellen Nummer kamen! Es klingelte, und da standen sie, mit Abdeckplane, Leiter, Farbe, Rolle, Pinsel, Eimer, Bettwäsche und Handtüchern. Die ganz große Show war durchgeplant. Erst küssten sie mich willenlos, dann setzten sie mich auf den Küchentisch und legten mir ihren Picknickkorb in den Schoß. Vor meinen erstaunten Augen räumte das Trio die beiden Zimmer leer, packte Möbel, Regale und Schränke samt Inhalt zusammen. Jürg Tanner hatte am Morgen schon das Auto auf der Straße abgestellt und die Garage frei geräumt. Die leere Wohnung räucherten sie aus. Nach Beendigung der Zeremonie schwangen sie die Farbrollen. Decke, Wände, Türen, alles wurde weiß. Und ich erhielt feierlich einen weißen Klecks mitten auf die Stirn. Neue Farbe, neues Leben, sangen sie.

»Lass ihm doch einfach die Luft raus, dem blöden Ball.« Erleichtert fiel Ijana Beate um den Hals.
»Das ich mache so. Luft raus und fertig. Finito. Vorbei. Grazie, mia carina, mille grazie!«

Die Eso-Frauen sangen, lass das Leid hinter dir, und zündeten ein Feuer an. Bettwäsche, Laken, Handtücher, alles, was nur entfernt an den Krebs erinnerte, verbrannten sie. Es gab viele schöne Flammen. Und noch mehr Scherben. Teller, Töpfe, Tassen, nichts davon sollte mich in meinem neuen Leben belasten. Die Glut zerfiel zu Asche. Als ich sie fragte, wo ich schlafen sollte, packten sie die neue Matratze aus und bezogen singend das Bett.
Ich genoss die Leere. Zwei Teller, zwei Tassen, zwei Gläser, etwas Besteck, eine Bratpfanne und ein Topf reichten aus. Ich kochte wieder selbst. Das Menü à la Tanner war Vergangenheit. Braten zu brauner Sauce und Kartoffelpüree mit Dosenerbsen war das Beste, was Ritter Jürg mir auftischen konnte. Zwei lange Jahre bereitete er ihn mir täglich zu. Das war dann doch etwas zu viel des Guten. Meine Eso-Freundinnen hatten mich mit ihrem Überfall reich beschenkt. In der Leere konnte ich mich wieder selbst bewegen.

Genüsslich tunkte Ijana ein paar Chips in den Balsamico. »Hast du manchmal Selbstmitleid?«, fragte sie.
»Erst später. Als ich wieder zu Kräften kam. Als ich so viel Kraft hatte, dass ich sie auf Selbstmitleid verschwenden konnte. Und selbst dann …«

Kurz vor der Krebsdiagnose hatte ich mein vorletztes Manuskript an den Verlag geschickt. Arbeitstitel Eros. Roman für erwachsene Frauen. Kaum waren die beiden Jahre um, die Frau Doktor Matter für die Rekonvaleszenz angesetzt hatte, drehte ich voll auf. Statt mich im Selbstmitleid zu suhlen, ging ich auf Lesereise, las mich mit dem frisch erschienenen Buch kreuz und quer durch Deutschland. Etwas Dümmeres hatte mir nicht einfallen können.

Beate rekelte sich auf dem unbequemen Baststuhl. Sie rollte mit den Schultern, dehnte die Halsmuskeln, wandte den Kopf. In der Gelateria auf der Via Sant'Agata wurde gerade die Kühlvitrine gefüllt. Berge von Speiseeis türmten sich in der Auslage. Sie kniff die Augen zusammen. Das Grüne ist bestimmt Pistazieneis. Daneben Stracciatella. Frucht, dachte sie, ist nicht mehr so mein Fall. Vor allem Mango. Kein Wunder. Bleibt doch immer noch genug anderes.
»Buon giornoooooo!« Fröhlich klang das. Die Stimme kam Beate bekannt vor. Bevor sie sich zu ihr wenden konnte, bekam sie schon einen Kuss verpasst. Robi! Was für ein Temperament. Sie ist eben eine echte Italienerin, inklusive dunklem Wald auf dem Kopf. Selbst wenn sie ihre appetitlichen Ringellocken im-

mer kurzgeschnitten trägt, damit die Leute sie auch für voll nehmen. »Habe ich mir doch gedacht, dass ich euch hier finde.« Robi umarmte Ijana so stürmisch, dass der fast die Luft wegblieb. Einen Kuss gab sie ihr allerdings nicht.
Sicher könnte Robi Ijana küssen. Küssen gehört hier dazu. Kaum kennt man sich ein bisschen, wird geküsst, beim Begrüßen, beim Abschied, links, rechts, links, rechts. Aber Robi und Ijana? Italien ist und bleibt auf der streng katholischen, homophoben Seite, dachte Beate. Gewiss gibt es Gayclubs, und was für welche! Paradiese unterm Regenbogen, exklusive Villen. Cocktails am Pool, gepflegte Konversation, noch gepflegteres Aussehen. Eleganz, Eloquenz, Dekadenz. Ringsherum dichter Baumbestand, Sichtschutz von allen Seiten, Sonnensegel zur Tarnung. Bodyguards als Türsteher.
»Ich brauche einen caffè. Wollt ihr auch noch etwas? Caffè, Latte Macchiato, Cappuccino?«
»Das Übliche«, sagte Ijana, die blass geworden war.
»Ist dir schlecht?«, fragte Beate.
Ijana nickte. »Bitte, Cola.«
»Das Zaubermittel. Warte, ich besorg dir eine.«
Beate eilte ins Café und stupste Robi vor der Theke an. »Ich verschwinde mal kurz nach unten. Bestellst du mir eine Cola, bitte?«
»Wenn es sein muss. Du weißt, es ist nicht gut? Der Stoffwechsel wird gestört.«
So gut kannte sie ihren Gast aus der Schweiz bereits. Wenn Beate eine Cola wollte, ließ sie sich nicht davon abbringen.

In Robis schiefem Grinsen haust eine wunderschöne Nase, dachte Beate. »Grazie«, sagte sie. »Mille grazie. Ich wünschte, ich könnte so gut Italienisch wie du Deutsch.«

Robi lachte. »Was habe ich meine Lehrerin überrascht, als ich darauf bestand, dass es das Cola heißt und nicht die.«

»Autsch. Das ist eben so in der Schweiz. Das Cola, das E-Mail. Aber auch die Deutschen gehen auf das WC. Immerhin.«

Als Beate von der Toilette zurückkam, stand die Cola bereits auf dem Tisch. Sie nippte daran und schob das Glas weiter. Robi hob die Augenbrauen. Ijana griff zu. Ihre Robinella runzelte die Stirn. Schluck für Schluck leerte sich das Glas.

Robi holte tief Luft und rieb ihre Oberschenkel. »Und?«, fragte sie. Die blaue Latzhose war ausgebleicht, auf dem linken Knie prangte ein säuberlich geflickter Riss. »Was habt ihr gemacht den ganzen Morgen?«

»Parlato. Cianciato«, antwortete Ijana. »Geplaudert haben wir. Weißt du, Beate will eine Biografie schreiben. Über sich und ihren Krebs. Eine Autobiografie.«

Beates Fuß traf Ijanas Schienbein millimetergenau. So, dachte sie. Das hast du dir verdient.

»Aiii! Aua.« Ijana hatte das Glas abgestellt, sonst wäre ihr Seidentop hingewesen.

Das hast du davon, dachte Beate.

Ijana rieb sich das Bein. Fragend sah Robi von ihr zu Beate. Ijana schwieg.

»Das werde ich nicht! Ich habe genug vom Krebs«, knurrte Beate.

»Aah! Gute Idee, Ijana«, sagte Robi. »Ich bin gegen Krebs wie der Papst gegen die Sünde. Aber ein Buch darüber wäre großartig!«

Zwei gegen eine! Warum können sie nicht akzeptieren, dass ich das nicht schreiben will? »Habt ihr einen Knall?«, brach es aus Beate. »Spinnt ihr? Ich war krank, 395 Tage. Ein Viertel der Zeit lag ich im Bett oder auf einer Untersuchungsliege. Viermal auf dem OP-Tisch, achtzehn Blutentnahmen, 25 Infusionen.« Murmelnd zählte sie, nahm die Finger zu Hilfe. »… sechs, zwölf, noch mal, 36 Bestrahlungen wurden es. Dreimal haben sie mich in die Röhre geschoben …« Robi winkte ab, aber Beate hatte sich in Rage geredet.

»Lassen wir die Kur mal weg, dann hatte ich immer noch mehr als fünfzig Termine bei mindestens zwölf Ärzten, durfte die Zeiten in meinen Tag einbauen, mich an sie erinnern, sie wahrnehmen, ihre Folgen ertragen. Fünfzehn Besuche bei Sozialarbeiterinnen vom Spital, von der Krebsliga, vom Amt. Unzählige Begegnungen mit einem Heer von Pflegefachfrauen, Zivildienstleistenden und der Klinikpfarrerin! Das ist das, woran ich mich erinnere. Das meiste habe ich vergessen.«

»Si, die vielen Pillen, zum Beispiel. Du, die hast du vergessen. Pillen für dies und Pillen gegen das. Die großen, die ganz großen und die richtig großen. Ich habe keine davon schlucken können. So klein sie auch waren, piccolinissimi.« Ijana verschluckte einen Rülpser und hüstelte.

»Es war noch viel mehr, Ijana. Aber das weiß ich. 395 Tage. Neun Narben. Zwei Punkttätowierungen. Und dann die Rekonvaleszenz. Die fing doch da erst an.«

Nach einem Jahr und einem Monat begannen diese zwei Jahre, aus denen fünf und mehr wurden. Die Zeit der Nachwehen und Nebenwirkungen der Krebstherapie. Dazu gehörten auch die nicht lebensbedrohenden Folgen, finanzielle Probleme, zerbrechende Beziehungen, verstörte Angehörige, Verlust der Libido, des Selbstwertgefühls und des Körperbildes. Scham, Schuld, Schande. All das, für das niemand mehr richtig zuständig war.

»Nein. Das alles aufschreiben und es immer wieder durchmachen, beim Erinnern, beim Niederschreiben, beim Überarbeiten? Dann hört es nie auf, kommt immer wieder hoch, bei Vorträgen, Podiumsdiskussionen, Interviews und, und, und. Nein.« Beates Augen funkelten. »Was vorbei ist, ist vorbei!«
Robi stand auf. Sie rückte ihren Stuhl an den Tisch, sagte: »Prego, signora« und lächelte.
Eine Dame in dunkelblauem Kleid drängte an ihr vorbei. Sie hakte sich bei einer anderen ein und bog mit ihr um die Ecke der Gelateria. Lag es am flirrenden Licht? Für einen Moment hatte es so ausgesehen, als hätten sich die beiden Schultern berührt, und das nicht rein zufällig. Robi umarmte Beate. Die war den Tränen nahe.
»Schreib«, flüsterte Robi. »Die Wunden schließen sich sonst nie.« Sie nestelte ein frisches Taschentuch aus

dem Latz ihrer Hose und hielt es Beate hin.
Als Robi wieder saß, fiel ihr das Argument ein, das Beate am meisten fürchtete. »Es täte dir nämlich gut, wenn du über deine Krankheit schreibst. Dann hat er genug, der Krebs. Dann kommt er nicht wieder.«

Früher habe ich auch gedacht, dass es möglich wäre, die Krankheit von sich weg zu schreiben. So ein Unsinn, Schreiben als Therapie! Ich bleibe bei meinem Nein. Da braucht Robi gar nicht dreinzuschauen wie ein Herrgotts-Chäferli. Das mag bei Hygienekontrolleuren wirken. Mich kriegt sie nicht rum. Ich muss ihr ja nicht in ihre italienischen, dunklen, tiefen Augen sehen.

Umständlich putzte sich Beate die Nase. Sie wollte ihre Zunge im Zaum halten, doch die galoppierte bereits wieder los.
»Es gibt genügend Studien, meine liebe Robi. Die haben es alle bewiesen. Traumatisierte Menschen traumatisiert man noch mehr, wenn man sie nach dem Trauma zur Therapie auf die Couch jagt. Nicht wahr, Ijana?«
»Come? Woher du hast denn das schon wieder?«, fragte die.
»Nine Eleven«, antwortete Beate. »Die Amerikaner schicken alles und jeden zum Seelenklempner. Und sei es, um die Abflüsse zu reinigen. Als sich der Staub des World Trade Centers zu legen begann, haben sie festgestellt, dass ein Trauma manchmal einfach nicht verarbeitet werden will. Wie auch? Wenn die Mut-

ter, die Tochter, die Braut, der Ehemann auf einmal nicht mehr da sind, dann ist das Trauma das Einzige, was noch lebt.«

Ijana drehte den Ring an ihrem Finger. »Ich weiß nicht«, sagte sie. Die Steine glitzerten. Über den Tisch zitterten Reflexe in den Farben des Regenbogens. »Warum ich musste krank werden? Ich rauche erst seit der Diagnose. Due anni. Zweieinhalb Jahre. Fast drei.«

»Lang genug.« Robi stellte ihre Espressotasse ab. Es klirrte. »Hör wieder auf zu rauchen. Wirf sie fort, die Sargnägel.«

»Und ich weiß auch nicht, Bea, warum ich es verdient habe, geheilt zu werden. Meine Vergangenheit, sie ist sauber. Sie ist geputzt. Schon lange bin ich in der Therapie. Schon vorher. Meine Seele ist rein.«

Ijana warf Beate einen flehenden Blick zu. Hilf mir. Lass mich nicht hängen.

Krebs ist keine Diabetes, überlegte Beate, keine Grippe, kein Unfall. Die haben alle ihre Ursache. Krebs ist anders. Er hält sich nicht an Regeln. Nikotin, Asbest, Radioaktivität, Viren, Bakterien und vieles andere kann ihn hervorrufen. Die Seele übrigens auch. Auslösende Faktoren sind jede Menge bekannt. Aber es gibt keine eindeutige Ursache. Niemand weiß, warum eine Zelle auf einmal aufhört zu wachsen. Niemand weiß, warum sie auf einmal bösartig wuchert. Pech. Krebs ist einfach nur Pech.

»Allein zum Frühstück nehmen Kinder, kleine Kinder, noch nicht zehn Jahre alt, täglich mehr als achtzig Krebs erregende Substanzen zu sich. Aber nicht alle erkranken.« Beate schenkte sich Cola nach. Erst bedrängt mich Ijana den ganzen Morgen, und jetzt auch noch mit Robis Hilfe. In einem Zug leerte sie das Glas. Hinter vorgehaltener Hand zerdrückte Beate einen Rülpser. »Sorry.«

»Und mit so etwas habt ihr den ganzen Vormittag verplaudert?« Robi schüttelte den Kopf. Sie griff nach den Bruschette mit frischen Tomaten und Basilikum.

Eigentlich haben wir auch über anderes geredet, dachte Beate. Aber ich werde ihr nicht vom Pool erzählen, liebe Ijana. Das ist deine Aufgabe. Robi ist ein altmodisches Mädchen. Sie nimmt eure Beziehung ernst und lebt sehr traditionsbewusst. Zur Tradition gehört auch, dass über alles gemeinsam entschieden wird. Beate machte Anstalten aufzustehen.

»Sag mir, mia sorella, was dich hat geheilt? Was hast du gemacht, warum du lebst noch, perché?«

Beate erstarrte. »Ja, bin ich denn Kassandra?«, platzte es aus ihr heraus.

»Kassandra? Wie kommst du denn jetzt auf die?«

»Die konnte, konnte …« Beate suchte nach Worten. »Die konnte in die Zukunft sehen.«

Ijana nickte.

»Aber was sie auch weissagte, geglaubt hat ihr niemand. Das war ihr Fluch.« Robi lehnte sich zurück und verschränkte die Arme.

»Vielleicht ist Kassandra nicht richtig. Die war ja in Troja, oder? Da war ich nie.«

Wieder nickte Ijana.

»Vielleicht bin ich einer Vestalin begegnet«, fuhr Beate fort, »ohne es zu ahnen. Und die hat mir Gnade gewährt. Auf dem Weg zum Gerichtsplatz. Zum Schafott.«
Ijana nickte ein drittes Mal. »Ja, retten, das kann eine Vestalin. Man darf es nur nicht planen. Sich nicht darauf verlassen.« Sie lächelte Beate an.
»Und jetzt?« Robi pickte einen Tomatenwürfel von ihrer Latzhose. »Was nun? Ist das jetzt alles?«

Nun ja, dachte Beate. Mit einer Prophetin und einer Priesterin ist die Geschichte nicht zu Ende. Also, wen bräuchte ich jetzt? Jemand Liebes. Mir gewogen. Freundlich. Mit magischen Fähigkeiten. Jemand aus dem Schlaraffenland. Jemand hinter den sieben Bergen. Keine Hexe. Elfen? Zu verspielt. Die dehnen die Zeit und vertanzen sie. Eine Fee? Diese Geschichte muss erzählt werden.
Beate rieb sich die Hände. »So liebe Kinder, dann gebt fein acht. Es war einmal eine Fee. Alle riefen sie Re, aber eigentlich hieß sie Rekon. Das war ihr Name und ihre Familie nannte sich va Leszenz. Sie hatte ein gesegnetes Leben. Die anderen Feen beneideten sie. Warum? Ganz einfach, Re brauchte nur zwei Jahre bei einem kranken Menschen zu leben, dann reckte sie ihre Schmetterlingsflügel und flog zur nächsten Seele.« Beate stockte.
»Wie schön«, sagte Robi, »ich habe Märchen immer geliebt. Besonders, wenn sie wahr sind.« Wann fliegt eine Fee denn weiter? Wenn sie geheilt hat, dachte sie. Wenn alles wieder gut ist.

Die letzten beiden Jahre waren anstrengend gewesen. Schlaflose Nächte, unausgesprochene Sorgen und schallendes Gelächter. Robi nahm alles gerne auf sich für Ijana, ihre Lebensliebe, ihr Ein und Alles. Die aber verbrachte ihre Zeit lieber mit Guli, Robis Mutter. Bei ihr übte sie das Lachen, ihr präsentierte sie als Erste ihre neuen Clownnummern. Ausgerechnet bei Guli, die ihre Hörgerätebatterien im Großhandel kaufte und dauernd vergaß, wo sie die angebrochene Packung hingelegt hatte. Während Robi sich in ihrer Mittagspause durch Fachliteratur quälte, um alle möglichen Krebstherapien auf deren Wirksamkeit zu überprüfen, saß Ijana an Gulis Küchentisch. Wenn sie sich wenigstens dort an den Ernährungsratgeber gehalten hätte, den Robi für sie heruntergeladen und ausgedruckt hatte! Aber nein, sie nahm auch noch einen zweiten Teller Minestrone, rauchte jede Menge und trank eine Cola nach der anderen. Kam Ijana dann satt die Wendeltreppe herauf zu Robi, leckte sie sich die Lippen, ihre Wangen glühten und unter ihren Augen saßen tiefe Ringe. Sie machte Feuer im Kamin, sah auf die Uhr und sagte: »In dreißig Minuten kommt meine erste Patientin. In vier Stunden bin ich fertig.« Robi fühlte sich aus dem eigenen Haus geworfen. Da halfen nicht einmal die selbstgebackenen Amarettini, die Guli ihr mit auf den Weg gab.

Ob es nützt, wenn ich einen Krümelpfad lege? Finde ich so wieder zu ihr? Ich habe mich nicht verirrt, ich stehe nicht allein im dunklen Wald. Mit dem Schlüssel in der Hand warte ich vor meinem Zuhause, meiner

Acienda mit dem Erkertürmchen an der Ecke. Ich komme schon hinein, wenn ich will. Nur eben nicht zu ihr. Da muss sie mich einlassen. Rapunzel wusste, wie es geht. Aber dann warf die böse Zauberin ihren Krebs über sie, schwang das Messer und ging auf die Haare los. In die Berge hat sie Rapunzel verjagt, ganz hoch hinauf, wo gar nichts mehr wächst. Fort ist sie, meine Liebste. Gut, ich bin nicht wie Rapunzels Prinz in die Dornen geraten und muss nun blind umherirren. Aber meine Ijana von damals finde ich trotzdem nicht. Meine Liebste, die ausflippte, wenn ich mit Lehm an den Gummistiefeln ins Haus kam, mir aber niemals das Gefühl gab, unerwünscht zu sein.

Ijana lachte. Robi zuckte zusammen.
Ist es der Krebs, ist er es wirklich? Was macht sie so gefühllos? Es ist so, als ob sie mich gar nicht mehr wahrnimmt. Liebt sie mich noch? Hat sie mich je geliebt? Wer von einer Mutter erzogen worden ist, die einen immer wieder zu Verwandten gab, erträgt keine Nähe. Ijana misstraut der Liebe.

Robi hörte Ijana applaudieren.
»Eine Fee als Schmetterling. So etwas fällt ein auch nur dir. Du bist eben Autoressa, das wird ein Buch wie keines, mia cara.«
Beate verschränkte die Arme. »Halt's Maul oder ich bring dich um. So ging das doch, wie hieß noch die Oper? War das nicht der Don? Der war sauer, oder?«
Das hat gesessen, dachte Robi. Ich sehe es genau.

Dieses tiefe Rot, das auf den Ohren beginnt und dann über die Wangenknochen kriecht, wie sehr liebe ich das an ihr. Sie tupfte mit der Serviette die letzten Basilikumspuren von der Lippe.

»Sag mal, Robi, wie stellst du sie dir vor, meine kleine Fee, wie hieß sie noch?«
»Re. Rekon va Lesciencia. Die Fee ist wunderschön. Wie eine Melodie, die aus dem Herzen ertönt. Und sie geht nur, wenn alles wieder gut ist«, antwortete Robi. »Wie vorher. Die Seele hat den Krebs verarbeitet. Sie hat keine Schlacken mehr. Was die Seele verarbeitet hat, wird nicht wie Wein und Öl in Fässern oder Tanks gelagert. Es ist nicht mehr da.«
Ijanas Gesicht glühte.
Hat sie Fieber? Beate und strich ihr übers Haar. Prüfend glitten ihre Fingerspitzen die heiße Stirn entlang. Kein Fieber, nur eine Wallung. Die Chemotherapie hat sie in die Wechseljahre gejagt. Wir sollten uns in den Schatten setzen. Noch ehe sie es aussprach, begann die Kellnerin, die Sonnenschirme aufzuspannen.
»Robi, was sagst du da? Verarbeitet, fort, vorbei? Alles wieder gut? Von heute auf morgen? Du warst doch dabei, als ich mit nichts als einem Faden um die Füße vom Felsen gestürzt bin. Ich lebe. Ich atme, ich arbeite. Ich lebe gut. Nur meine Seele liegt immer noch zerschmettert da unten. Wie willst du sie flicken? Wie soll ich sie flicken? Du hast ja keine Ahnung.«
Ich sollte etwas tun, dachte Beate. Ijana auffangen, ihr das Gefühl geben, verstanden zu sein. Wechseljahre

sitzen sich nicht auf einer Backe ab, erst recht nicht bei uns. Wir sind die friedlichsten Menschen, bis es losgeht. Ein Funke springt über, der Kolben bewegt sich und die Fahrt geht los, über Stock und Stein, mit Vollgas, Bleifuß auch in den Kurven, ja nicht runterschalten. Wut, Trauer, Freude, Liebe. Inzwischen gelingt es mir hin und wieder, zu bremsen und rechts ran zu fahren, bevor ich jemanden über den Haufen fahre. Aber Ijana? Wenn die unterwegs ist, rast sie an der Ausfahrt vorbei. Sie kann noch nicht bremsen. Sie sieht sich auf den Abgrund zusteuern und tritt das Gas durch.

»Ahnung?«, entgegnete Robi, »nein, Ijana, ich habe keine Ahnung. Woher sollte ich Ahnung haben? Du redest mit allen anderen, nur nicht mit mir. Du redest mit deiner Selbsthilfe, mit meiner Mutter, mit Bea, mit wem, was weiß ich. Nur eines weiß ich. Mit mir redest du nicht.« Robi zerknüllte die Serviette.

Verdammt, dachte Beate. Ich hätte nicht das Sparticket nehmen sollen, das mit der Zugbindung. Wenn ich nicht draufzahlen will, und das gewaltig, dann muss ich noch eine ganze Weile hierbleiben. Wäre ich doch besser mit Eve nach Hiddensee, wie jedes Jahr. Da ist es kälter, aber kein Wind bläst so scharf wie dieser hier gerade.

»No. Du redest nicht mit mir.« Ijana flüsterte es fast. »Du sagst nichts. Nicht deine Wut, nicht deine Ohnmacht, nicht deine Angst, mich zu verlieren. Für dich bin ich doch schon fort. Und deine Seele ist längst dabei, das zu verarbeiten.«

Robi ballte die Fäuste. »Das ist nicht wahr«, sagte sie endlich. »Sag, dass das nicht wahr ist. Ja, ich habe Angst. Scheißangst. Um uns. Um dich. Ich lausche auf deinen Atem, auf jedes Stocken, jedes Husten. Und du sagst mir nicht einmal, wenn du erkältet bist. Wer setzt seine freie Zeit daran, Therapien zu finden, für dich? Wer fährt dich zur Selbsthilfe, wenn deine Hände derart kribbeln, dass du keinen Schlüssel drehen kannst?«

»Du bringst mich nach Agata, zu meiner Gruppe, weil du sowieso zu deinem Deutschkurs fährst. So ist das, mitnehmen, nicht hinbringen. Und deine Angst? Angst um dich selbst hast du. Es ist Zeit, mia carissima. Ich mache mir Sorgen. Um dich. Du müsstest auch in eine Gruppe. Selbsthilfe für Angehörige. Allora. Vielleicht wissen die Jungunternehmerinnen, wo.« Ijana griff nach ihrem Smartphone.

Selbsthilfegruppe? Sich selbst finden, das authentische Selbst entdecken? Einmal entdeckt, für immer erobert. Die beiden sollten eine Paartherapie versuchen, dachte Beate. Ich werde mich hüten, das laut zu sagen.

»Occupato.« Ijanas Stimme klang enttäuscht. »Ich versuche es später. Bene. Erkältung sagst du, Robi. Wenn es nur das wäre. Was fällt meinem Körper nicht alles ein! Gürtelrose. Lungenentzündung, immer wieder. Wenn ich dir jeden Schnupfen, jedes Zipperlein mitteile, Robi, Robertina, Rubina mia, schaffst du es vor dem Abend nicht in deinen Weinberg.«

»Mein Weinberg? Der kann warten. Der zählt nicht. Du zählst. Was auch immer dich quält, ich habe ein Recht darauf, es zu wissen.«

Robi stand auf und ging in die Bar, den Bruschettateller in der Hand. Kein Beziehungsgespräch vor fremden Ohren, auch nicht vor Bea. Seit Montag wohnte die nun bei ihnen. Ijana war den ganzen Tag mit ihr unterwegs. Auf einmal brauchte sie keinen Mittagsschlaf mehr. Sie redete, lachte, sang unter der Dusche.

Die Kellnerin stellte einen frischen Espresso auf die Theke.

»Hauptsache, ich bin nicht dabei«, murmelte Robi. Was hätte sie nicht für einen liebenden Blick gegeben! Und für ein Lächeln. War das denn wirklich schon zu viel verlangt?

Wahrscheinlich liebt sie mich nicht mehr. Ich sollte die Hoffnung aufgeben, dass aus uns beiden wieder ein glückliches Paar werden kann. Wir passen nicht mehr zusammen. Ich sollte mit meinem Deutschkurs weitermachen. Sie ist hinreißend, die Lehrerin, mit ihrer kleinen, schwarzen Brille, an deren Bügel sie beim Nachdenken kaut. Eine Walküre, groß, blond, breite Schultern. Eine Schönheit, in die sich Siegfried verlieben musste. Ob er sie wohl für mich freigäbe?

»Ai, che bello!« Die Kellnerin begann zu strahlen. Gesang aus Männerkehlen erschallte immer lauter. Es waren Trallaleros, Männer aus Genua, die durch die Straßen wanderten und sangen, Lieder vom harten Leben der Hafenarbeiter und den weichen Lippen der Liebe. Sie drängten sich neben Robi an die Theke. Die Kellnerin stellte eine Reihe Gläser auf und füllte sie bis zum Rand mit Grappa. Robi nahm sich ein Glas und hob es. »Salute!« Sie kippte den Grappa hinunter. Die Genuesen lachten und tranken ihr zu. »Du bist die Sonne«, sagte einer und der Vorsänger stimmte an. »O sole mio« klang es auf die Straße.

»Die sind weit weg von zuhause, die Jungs«, sagte Ijana. »Es ist doch Herbst, nicht mehr agusto. Und die Touristen sind auch schon wieder alle daheim. Was wollen sie hier, eh?«
»Wie es aussieht, wollen sie erst einmal Robi ansingen. Und dann sehen sie weiter.« Beate lachte.
Ijana war den Tränen nah. »Was würde ich nicht tun alles für ein Wochenende d'amore mit meiner Robi! Aber tempo non ha, scusate. Der Wein muss geerntet werden. Woher hat sie überhaupt die Zeit, uns hier zu besuchen?«
»Das ist Liebe«, sagte Beate. »Robi hat den Buckel voll Arbeit, dein Kopf ist voll mit Plänen. Doch kaum schlägt es Mittag, sitzt ihr zusammen. Und sei es nur für ein halbes Stündchen.«
»Schon so viele Jahre liebe ich Robi. Ich werde sie immer lieben. Aber ich wünsche mir so sehr, dass ich nicht mehr so lange brauche, bis ich heiß werde, bis ich brenne. Wie oft ich höre Robi stöhnen und kann ihr nicht helfen.« Ijana kramte die Zigaretten wieder hervor. »Zwei Jahre, sagst du. Zwei Jahre und dann ist gut und die Fee geht weiter. Zwei Jahre, und dann spielen wir wieder deine Geschichten nach, deine

storia, du weißt schon? Stundenlang Luft und Liebe und ein paar Kissen?«

Beate gab ihr Feuer.

Genüsslich zog Ijana den Rauch ein. Dann drehte sie sich um. Durch das Caféfenster sah sie Robi, die nach draußen schaute. Hastig reichte Ijana Beate die Zigarette.

Arme Robi, dachte die. Einfach ist es wahrhaftig nicht, mit einer kranken Gesunden zu leben. Rücksicht nehmen, ohne besorgt zu sein, sich kümmern ohne Übergriffigkeiten, die eigene Hilflosigkeit aushalten, ohne ohnmächtig zu werden, ich weiß nicht, ob ich das ertragen könnte. Arme Robi. Auch wenn sie es gewohnt ist, als Winzerin in Jahrzehnten zu denken, es bleibt schwierig.

»Zwei Jahre, hat Frau Doktor Matter gesagt, dauert die Rekonvaleszenz.« Beate zog an der Zigarette. »Steht auch so überall im Internet. Zwei Jahre im Durchschnitt. Die ziehen sich hin. Eine unendliche, gottverdammte Ewigkeit.«

»Und dann ist es vorbei, Bea, von einem Tag auf den anderen?«

»Also, ich traue der Sache nicht. Seit wann ist von einem Tag auf den anderen alles einfach wieder gut? Ich kann mir das immer noch nicht vorstellen. Darum übe ich. Täglich. «

Wenn ich mir die letzten zwei Jahre anschaue, fällt mir auf, dass mir als Bernd Breitenmoser eine schwule Sexgeschichte nach der anderen immer leichter von der Hand gegangen ist. Die Texte wurden dichter, humorvoller und tiefer. Und so erotisch, dass sie wieder in Webportalen zitiert werden. Sind das immer noch Fingerübungen oder ist es schlichtweg so weit, dass ich wieder schreiben kann?

»Aber, Bea! Ich schreibe keine Geschichten, an denen ich arbeiten üben kann, bis sie stimmen. Egal, wie lange es dauert. Bei mir muss es sofort stimmen. Ich muss auf Termin da sein. Wenn ich nichts in meinen Händen spüre, hilft auch keine Übung. Wenn meine Finger taub sind, wie soll ich meine Arbeit machen? Wir sind Krebsschwestern, liegen in einer Schublade. Du bist das Messer, ich bin die Gabel. Auslöffeln müssen wir beide.«

Eine Serviette flatterte zu Boden. Beate bückte sich. Was sage ich denn anderes die ganze Zeit? Ich will nicht nur kein Krebsbuch schreiben, ich kann es nicht. Schreib, was du kennst, heißt es. Aber was geht es die Gabel an, wie sich das Messer fühlt? Was hat der Löffel davon, wenn er es weiß? Einzelschicksale sind langweilig. Geschichten, in denen sich niemand wiederfindet, werden beiseitegelegt.

»Ijana, ich weiß es doch auch nicht. Wir sind gealtert, und das Dumme ist, wir haben es gemerkt, weil es so schnell gegangen ist. Eine Arthrose kommt schleichend. Daran kannst du dich gewöhnen. Aber gleichsam über Nacht gewöhnt man sich an gar nichts.« Schreibübungen sind das eine. Die haben mir vielleicht ein wenig geholfen. Aber mein Körper? Der will und will sich nichts merken. Beweglichkeit.

Kraft. Ausdauer. Fremdwörter für ihn. Dreimal in der Woche habe ich mich für zwei Stunden in den Wald gescheucht. Dienstag, Freitag, Sonntag, neun Uhr. Bei jedem Wetter. In Straßenkleidung. Jeans, T-Shirt, Jacke, Sneakers. Keine Laufschuhe. Bloß nicht nach Sportlerin aussehen. Ich bin nur zufällig hier. Eine Spaziergängerin auf der Allmend, immer die nächste Bank als Ziel im Blick.
Es dauerte lange, bis ich eine Bank auslassen konnte, und noch länger, bis ich es wagen durfte, zwischen ihnen einen kleinen Spurt einzulegen. Aber nur dann, wenn ich nicht hinter mir das verräterische Klicken hörte, mit dem die Nordic-Walking-Fans sich auf ihre Stöcke stützen, um zum Überholen anzusetzen. Kurz vor meinem langen Urlaub war ich soweit. Ich zog den Jogginganzug an und bin mit erhobenem Haupt den Waldweg entlang gefedert, habe jede zweite Bank für ein paar Liegestütze genutzt und kam erst an der letzten Steigung außer Atem.
Von Hiddensee heimgekehrt, fing alles wieder von vorne an. Die Beine waren wie versteinert. Der Jogginganzug blieb hinten im Schrank und eine Stoppuhr kam nur noch beim Teekochen zum Einsatz. Die Spaziergängerin von der Allmend war wieder zurück. Um ein Jahr gealtert. Und immer noch fest entschlossen, so alt zu werden, wie sie wirklich war.

»Bea, die Jahre, die uns der Krebs gegeben hat, hat er die uns auch genommen? Nein. Das darf er nicht.« Robi stellte eine Karaffe Wein auf den Tisch. »Alles darf. Nichts muss.« Sie kniete sich vor Beate hin. »Uno

momento.« Mit einem feuchten Tuch rieb sie an dem Kaffeefleck auf Beates Bluse herum.
Das war mehr als nur ein einziger Grappa für unsere Robinella, dachte Beate und strich über deren Locken. Sie wickelte sich eine Strähne um den Zeigefinger und zog sie gerade. Was für weiches Haar.
Robi lächelte. »So, das sollte genügen.«
Wie zufrieden sie aussieht, dachte Beate. Ihr Lächeln ist zauberhaft. Das sollen Krähenfüße sein, an ihren Augen? Im Leben nicht! Da haben Elfen getanzt.
»Grazie«, sagte sie. »Grazie mille.«
Robi zwinkerte ihr zu.
Ohne ein Wort klopfte Ijana eine Zigarette auf den Tisch. »Nichts muss. Alles darf. Sagst du«, knurrte sie.
Ihr Lächeln gefror.
Diese Haare. Und wie sie sich anzieht, meine Robi, dieses Ringel-T-Shirt, wie ich es hasse! Das macht ihr Kreuz nur noch breiter. Gut, sie ist Winzerin, die Arbeit im Weinberg braucht Muskeln. Aber ich stehe mehr auf feminine Frauen, das weiß Robi, und dass ich die burschikose Seite an ihr nicht so mag, weiß sie auch. Ich sehe sie an und nichts ist mir recht. In ihrer Nähe verwandle ich mich in eine Zicke, warum nur? Ich will liebevoll sein und bringe es nicht über mich, ihr meine liebenswürdige Seite zu zeigen. Manchmal stelle ich ein Tellerchen Käse neben die Kerze auf den Couchtisch, wenn wir einen Fernsehabend planen, und wenn ich für uns einkaufe, vergesse ich ihre Lieblingslimo nicht. Aber sonst?

Robi griff nach dem Feuerzeug und ballte die Faust. »So ist es doch. Nicht wahr, Bea?«

Beate wusste nicht, wohin sie sehen sollte. Ich muss jetzt was sagen, irgendwas. Das gibt sonst noch Mord und Totschlag. Was sage ich bloß? Puh, dachte sie.

»Pool«, schoss es ihr über die Lippen. Erschrocken hielt sie sich die Hand vor den Mund.

Ijana sah sie an wie eine Furie.

Wenn Blicke durchbohren könnten, wäre ich jetzt tot. Nur noch die leere Krebsschale läge am Strand.

»Was hast du da gesagt? Pool?« Robis Blick wanderte von Ijana zu Beate und wieder zurück. »Swimmingpool?«

Beate nickte.

»Doch wohl nicht für deine Arbeit, Ijana, oder?«

»Aquapilates«, murmelte Ijana.

Das darf ja wohl nicht wahr sein, dachte Robi. Wieder, schon wieder dreht sich alles nur um sie. Was ich mir vorstelle, spielt keine Rolle. Den ganzen Abend liegt die Gnädigste auf dem Sofa, den Laptop auf dem Bauch. Una minuta, sagt sie, cinque, während ihre Augen schon ganz klein sind, momentito, ich komme gleich. Geh schon mal vor, Robertinella. Wenn sie erwacht, weil ihr der Laptop weggerutscht ist, steht sie gar nicht erst auf. Zieht sich unsere Kuscheldecke über und ich kann sehen, wo ich bleibe. Jeden Abend. Jede Nacht. Jede verdammte Nacht schlafe ich allein. Ich wäre weniger allein, wenn ich allein wäre. Einsamkeit ist nichts gegen die Kälte in meinem Körper. Jede Pore schreit nach einem Lächeln, einer Berührung. Kuscheln oder gar Sex? Das

ist so selten geworden wie ein wirklich guter Wein, wie eine Meistercuvée.
Wenn Ijana nur wollte, könnte sie mich so glücklich machen wie es meine Mutter entzückt, wenn sie bei ihr am Küchentisch sitzt. Und jetzt will sie einen Pool. Warum schmeiße ich sie nicht raus? Es ist mein Haus. Sie ist doch wieder gesund, kann arbeiten, und will einen Pool. Ist das überhaupt noch eine Liebe, diese Beziehung, die wenig bis nichts verspricht, und das ist weit mehr, als sie hält. Diese Beziehung, in der meine Liebe verblüht. In den Adern gefriert, bis der Schoß aufhört zu pochen und jedes Gefühl verdorrt. Was will ich denn noch von ihr? Ist es Hoffnung?

»Signor Martiroli. Der vom Hotel Miramare«, sagte Ijana, »an der Viale Quattro Settembre. Du weißt schon. Der Pool da, den kann ich nutzen.«
Sie zog das Feuerzeug zwischen Robis Fingern hervor.
»Aber der hat den Ruf eines Schmutzfinken!«
Hätte sich Bea nicht eben verplappert, wüsste ich von nichts. Mutter weiß sicherlich auch schon Bescheid. Bin ich nur noch der Ersatz für den Hund, den wir nicht haben? Ein schwarzer Cockerspaniel aus Deutschland, der gefällt Ijana. Mich würde es nicht wundern, wenn sie morgen mit so einem Kläffer ankommt und mich aus meiner eigenen Acienda wirft. Meine Mutter würde ihn sofort füttern. Meine eigene Mutter, ihr würde es nicht auffallen, wenn ich nicht mehr da wäre.

»Schmutzfink? Der arme Mann, der braucht mich. Signor Martirolli, il poverino, hat keine Ahnung, wie er einen Pool sauber halten muss. Woher auch. Er ist Verwalter, kein Bademeister. Poolroboter und Wasserstaubsauger hat er. Kann damit nur nichts anfangen. Aber er hat sie in einem dicken Ordner abgeheftet, die Gebrauchsanweisungen.«
»Kommt nicht in Frage, nicht mit Martirolli. Nicht dieser Schmutzfink mit seinen flinken Fingern.«
»Ich bin doch überhaupt nicht sein Typ. Da brauchst du keine Angst zu haben, vor zwanzig Jahren vielleicht, da ich mich hätte vorsehen müssen. Aber heute ist nur noch eines interessant für ihn. Er weiß, dass ich mit Chlor und Schraubenzieher umgehen kann.«
Robi schüttelte den Kopf. Alles in ihr schrie »Nein!«

Ohne Robi kann ich es vergessen. Ich brauche sie. Auch wenn sie mir auf die Nerven geht, ich will mit ihr sein. Nur mit ihr. Gemeinsam kochen, einen Krimi anschauen, einfach so vor dem Kamin sitzen. Es ist so wenig. Ich kann nicht mehr von ihr fordern, als ich ihr geben kann. Wie viel Spaß hatten wir früher! Und jetzt? Gut, dass mein Lieblingsplatz das Sofa ist. Da liege ich wenigstens weich. Bis ins Bett habe ich es schon lange nicht mehr geschafft. Es ist zu weit weg, wenn ich mitten in der Nacht aufstehen muss. Vom Schlafzimmer zum Bad schaffe ich es noch nicht. Wir sollten ein breiteres Sofa kaufen. Robi hätte dann sicher auch wieder mehr Spaß.

Ijana leckte sich über die Lippen.

Robi schob ihr einen Tiegel mit Lipgloss-Butter über den Tisch.
»Nichts da, hörst du? Basta!«
Ijana ließ den Deckel fallen.
Es wird mir nicht gut gehen, jetzt nicht und auch weiterhin nicht. Wenn ich Robi nicht nachgebe, kommt der Krebs wieder. Es wäre der gleiche Fluch wie damals, als ich mich gegen meine Mutter vergangen habe, als ich mit quälendem Gewissen von Zuhause weg bin, fort von meiner Mama aus meinem Berliner Kiez, zurück nach Italien, zu Robi. Noch immer habe ich Schuldgefühle. Die Zeit, die ich dafür Robis Mutter schenke, die Freundlichkeit, die Anerkennung, wiegt meine Schuld nicht auf. Meine Mama ist längst zurück in Neapel, bei Zia Franca, aber ich verzeihe mir nicht. Wer da geht im Streit, kriegt Krebs auch mit der Zeit.
»Hast du denn eine bessere Idee?«, fragte Beate. »Kennst du vielleicht einen anderen Pool für Ijana?«
Robi runzelte die Stirn. Sie wusste es doch, ihre Liebste kam mit jedem Schmutzfinken zurecht. Signor Martirolli war nicht das Problem. Es war der Pool. Jeden Tag stundenlang von Chlorgeruch umgeben, gerade jetzt, wo die Therapie vorbei war, immer noch weiter Chemie? Das konnte nicht gut sein für Ijana. »Ein Schwimmbad am Strand, darauf könnte ich mich einlassen«, antwortete Robi.
»Und im Winter?«, fragte Ijana.
»Magst du nicht unsere Spaziergänge am Strand?« Robi fuhr ihr über die Wange. »Heimlich, nur wir beide, im Nebel. Sonnenuntergang ohne Touristen, ein-

gekuschelt in die Decke, mit einem Feuer aus Treibholz vor uns?«
Ijana seufzte. »Ich hätte sterben können in diesen Momenten. Zufrieden sterben.«
Beate legte ihre Hand auf Ijanas Arm. Ich weiß, was du meinst, dachte sie. Wie oft, wie gerne wäre ich gestorben. Als ich nach der OP aufwachte mit all den Schläuchen, wäre ich am liebsten aus dem siebten Stock gesprungen. Bin ich auch. Im Traum. Immer wieder. Ein Teil in mir wäre gern gegangen. Der andere wollte bleiben. Der Kampf ums Überleben kann eine Zumutung sein. Und eine Hoffnung, die brennt wie das Feuer.

»Siehst du, Ijana. Die Natur ist das Beste. Wir sind Italienerinnen, das Meer heilt uns. Weißt du noch?«

Robi hielt sich die Hand vor den Mund. Hatte ich ihr nicht versprochen, sie nie mehr an das schwarze Loch zu erinnern? Nicht von der Zeit danach zu sprechen, als Ijana die Therapie so fehlte? Schon beim Gedanken an das Empty-Krebs-Nest-Syndrom hatte ich mir auf die Zunge zu beißen, denn Ijana schämte sich ihrer Trauer. Die hatte den Krieg schließlich überlebt. Ja, es war ein Krieg gewesen, der Krebs war der Feind, ihr Körper das Schlachtfeld. Ein Krieg mit Soldaten, Waffen, nächtlichem Alarm und Berichten von der Front, mit Verwundeten und Suche nach Schutzräumen, mit Kollaborateuren, Saboteuren, mit Strategien und Rückzugsgefechten. Ijana an vorderster Front. Trotz aller möglichen Kollateralschäden

hatte sie sich für jede Eskalation entschieden, auch für die C-Bombe Chemo, die bis zum Waffenstillstand eingesetzt werden musste. Bis sie auf einem leeren Feld als Siegerin dastand.
Ich Idiotin. Musste ich sie an ihre verlorene Siegerin erinnern? Ich hatte ihr versprochen, niemals zu erwähnen, wie sehr sie ihre Therapie vermisst hat. Denn eines ist klar: Wer sucht, den wird der Krebs erhören.

Ijana boxte ihr in die Taille. Mit betont ernster Miene sagte sie: »Du hast es geschworen, weißt du noch? Tja, Robinellina mia. Pech für dich.« Sie grinste breit, »Wort gebrochen. Pool versprochen«, und begann zu kichern. »Ach ja, und Bea hilft bei der Finanzierung«, japste sie. Gut fühlte sie sich dabei nicht. Sie hasste es, Schulden zu machen.
»Aha, Beate. Die gute Fee mit dem Bankkonto in der schönen Schweiz. Toll. Dann mal los«, meinte Robi. Sie schluckte. Das Beste, was ich jetzt tun kann, ist lächeln, dachte sie. Mach schon, lächle!
Warum konnte ich nur nicht den Mund halten? Wie soll sie mir denn vertrauen? Das habe ich nun davon. Nicht einmal Geld will sie von mir. Sie weiß doch, dass ich genug habe. Ich brauche weder ihre Miete noch das Haushaltsgeld. Ich verdiene genug. Verdammt noch mal, warum fragt sie nicht mich? Ich bin doch ihre Gefährtin. Auch wenn ich mich frage, ob ich noch ihre Geliebte bin. Nichtsdestotrotz, wir sind Freundinnen.

Ijana umarmte sie und strahlte über das ganze Gesicht. »Du bist einverstanden! Che gioia! Ich könnte tanzen vor Freude.« Sie zog Robi vom Stuhl und wirbelte mit ihr über den schmalen Streifen zwischen den Cafétischen und den Blumenkästen, die den Straßenrand sicherten. »Cha cha cha. Pool. Ah!«
Robi spürte, wie ihr das Blut in die Wangen schoss. Ist Ijana jetzt völlig übergeschnappt? Sie zücken schon die Handys am Nebentisch, um zu filmen, wie die Winzerin und die Physiotante auf der Straße tanzen. Zwei wilde Weiber, völlig enthemmt. Heiliger Bacchus, wo soll das enden!
»Pool, Pool, cha cha cha.« Ijana tanzte und sang. »Pool. Pool. Pool. L'aqua è gioia, l'aqua la vita. Pool. Pool. Pool. Tutto, bene, tutto cool. Cha cha cha.«
Robi wäre am liebsten im Boden versunken. In Italien war es einfach nicht üblich, Gefühle dermaßen zur Schau zu stellen, außer beim Fußball. Doch Ijanas Freude war einfach zu ansteckend. Robi konnte nicht anders. Sie machte mit. Sie lachte und lachte.
Wie hatte Ijana diese Unbekümmertheit vermisst! Jetzt wusste sie wieder, warum sie Robi so liebte. Galant führte Ijana sie zurück zum Tisch, rückte ihr den Stuhl zurecht, verbeugte sich und küsste Robi die Hand. »Ihr Lächeln verzaubert mich, Signora«, sagte sie und setzte sich wieder. »Du solltest immer lächeln.«
Knatternd fuhr eine Lambretta am Café vorbei. Der Fahrer pfiff, der Sozius warf Ijana einen Kuss zu.
»Ciao, Mario«, rief Ijana und winkte. »Nach der Lese kommt er zur Therapie. Du weißt ja, Robi, seine

Schulter. Wenn ihr dann fertig seid, macht er uns dafür den Garten.«
»Aha«, sagte Robi. »Ah, ja.«
Ijana streichelte ihr über die Wange. Robi sog die Berührung auf wie ein trockener Schwamm.
»Und seine Frau macht bei uns demnächst sauber.«

Da ist sie ja wieder, dachte Robi, da ist sie, meine Ijana. So ist sie. Frisch, fröhlich. Temperament und Anmut, ein Bouquet von harmonischer Wildheit. Mit einem hinreißendem Abgang. Es kommt mir wie ein Wunder vor. Vielleicht wird doch alles gut. Vielleicht muss ich nur mehr Geduld haben, vielleicht habe ich sie beim Warten verloren. Was sind drei Jahre gegen die Zeit, die ein Rebstock für gerade Ranken, kräftiges Laub und saftige Trauben braucht?

»Du hilfst Ijana also, Robi? Hast du die Zeit dafür? Kennst du dich aus? Bei Preisen, Budget, Lieferanten, Konkurrenzanalyse, Zielgruppe, Kernkompetenzen und eigenem Profil?« Beate zählte die fürs Geschäft notwendigen Punkte an den Fingern ab.
Robi starrte sie an. Musste das jetzt sein? Gerade habe ich mich entschlossen, Ijana Zeit zu geben, schon fängt Beate an zu drängeln. Diese Atemlosigkeit der Nachkrebsen, dieses doppelte Atmen, was geht mir das auf die Nerven!
»Uff«, machte Ijana. Sie fühlte sich wie ein geplatzter Luftballon. »Lass mal gut sein«, sagte sie. »Ich denke, ich fange einfach an. Dann kommt alles von selbst. Ich bin stark. Ich schaffe das.«

»Aber sei vorsichtig.«, sagte Beate. »Wie leicht wird aus dem Schwimmbecken eine Wellnessoase mit vielen Angestellten. Schwupps, sitzt du dann im Büro und stauchst dir das Kreuz.«
»Lasst uns darauf anstoßen.« Robi schenkte nach. Prüfend hielt sie ihr Glas hoch, schwenkte es, schnupperte, kostete, schlürfte und verzog das Gesicht. »Ich muss mal ernsthaft mit denen hier reden.« Sie schüttelte den Kopf. »Da sitze ich mit meiner Acienda um die Ecke, stelle einen prima Tafelwein her, günstig und gut, und sie schenken das hier aus. Aus Venedig. Von der Lagune. Da schwimmt Werweißwas drin.«
Ijana zuckte mit den Schultern.
»Dir schmeckt es? Du magst das?« Robi klang mehr als erstaunt.
»Du kennst sie doch. Mach ihnen ein Angebot.«
»Hab keine Zeit dafür.«
»Hast du Angst?« Ijana lächelte.
»Ach was. Aber was mache ich, wenn sie ihn nicht haben wollen, wenn er ihnen nicht schmeckt?«
Beate nahm noch einen Schluck. »Versuch es mit Angeboten. Gleich an alle hier im Dorf.« Gar nicht so verkehrt, dachte sie. »Mach es, jeden Tag eine Stunde aufs Geratewohl, ach, eine Viertelstunde, aber die wirklich täglich. Persönlich, per Telefon, per E-Mail. Und dann abwarten.«

Ritter Jürg sagt es auch immer: Jeden Tag versuchen, erspart dir manches Fluchen. Zwar kann ich mich immer noch nicht daran erinnern, wie es damals beim Marketingkurs zugegangen war, aber das Damenduett habe ich so verkauft. Eine Stunde lang, dreimal täglich. Während ich mich ausruhte, ging mein Konzept auf. Es war das gleiche wie in meiner Modellpräsentation um den Werkzeuggroßhandel. Auch wenn ich meine Notizen von damals immer noch nicht entziffern konnte, funktionierte es. Ich wusste nur nicht, wie. Mein Netzwerk wurde stärker und dichter. Freundinnen meldeten sich, Freundinnen von Freundinnen und sogar Fremde. Sie fragten, ob sie helfen konnten. Ich lernte zu delegieren. Ich achtete darauf, dass jede Helferin eine Aufgabe erhielt, die sie nicht nur bewältigen konnte, sondern die auch für sie persönlich nützlich war. Die Theaterdramaturgin schrieb Pressetexte. Um die Verbreitung der Vorschauartikel in den Lokalredaktionen und online kümmerte sich die Inhaberin des Maschinengroßhandels. Das Gesamtlayout für Postkarten, Flyer und Plakate entwickelte die Grafikerin. Die Augenoptikerin erhielt die Adressen zum Versand des Werbematerials. Ich saß in meiner Küche wie in einer Kommandozentrale und behielt den Überblick über zwei Dutzend Assistentinnen. Ich konnte es also doch noch. Führen, strukturieren, delegieren.

»Soll ich euch beim Planen helfen? Ich hab doch diesen Kurs gemacht. Und jede Menge Erfahrung. Social Media und so, ihr wisst schon. Wein, Pool, Bücher, Verkauf ist Verkauf.«
»Na gut. Vielleicht sollte ich mich wirklich mit PR beschäftigen. Public Relations, so heißt das doch, oder, Bea?« Nun griff auch Robi wieder nach ihrem Glas.

Sie schlürfte, verzog das Gesicht und schluckte dann doch.
Ijana nickte. »Man muss ja nicht immer alles alleine machen. Die Heilung beginnt mit einer Geschichte, wie das Morgen sein wird.«

Nein, dachte Beate. Eher so, wie es morgen sein sollte. Wie die Zukunft aussehen könnte. Beim Damenduett hatte ich mich verrechnet. Den wichtigsten Posten habe ich ausgelassen. Wer einen Monat unterwegs sein will, muss nämlich essen, schlafen, tanken und immer Münzen für die Parkuhr parat haben. Sponsoring musste her. Diese Akquise blieb Chefinnensache. Telefonieren hieß die Devise. Was hatte ich Angst, aber es dauerte nur einige Wochen, bis ich die Sicherheit zurückgewann, sagen zu können, was ich wollte. Eve staunte bei der ersten Lesung. Sie kannte meine charmanten Schrullen und hatte sich darauf vorbereitet, einzuspringen, wenn mir auf einmal Worte fehlten. Sie musste lange warten, bis ich anfing, mit den Armen zu wedeln. Fand ich tatsächlich mal ein Wort nicht, lachte sie und sagte ein anderes. Ende gut, alles gut. So gesehen war die Lesereise ein voller Erfolg. Auch wenn die gemütliche Zuckelfahrt über Nacht zu einer Mammuttour mutiert war, über deren Strapazen sich Eve nicht genügend beklagen konnte. Um alle Termine einzuhalten, durfte nichts, aber auch gar nichts schief gehen. Es war Stress pur. Wie waren einen ganzen Monat unterwegs, und Eve wurde stündlich saurer.

Beate nahm Ijana die Zigarette aus der Hand und steckte sie sich zwischen die Lippen. »Ich weiß zwar nicht immer, was ich tue, aber trotzdem klappt immer alles. Wie von selbst.«

»So ein absoluter Quatsch«, unterbrach Robi. »Du musst immer hart arbeiten, ob gesund oder krank. Arbeiten, verstehst du, hart und konstant und jedes Jahr ein bisschen besser. Dann kommt die Ernte wie von selbst. Mit jedem Jahrgang lernst du mehr über den Wein und kannst dich anpassen. Dich und ihn. So muss es sein.«

»Was sein muss, ist noch lange nicht, was ist. Hart arbeiten?«, entgegnete Ijana. »Aber meine Kleine«, sang sie, »ein kleines Glück wird einmal groß. Wenn du nur warten kannst, dann fällt es auch in deinen Schoß.«

Robi rollte mit den Augen. »Ich hasse Adamo, diesen Schnulzenheini.«

Ijana sang unbeirrt weiter. »Ist Liebe da, nur eine Spur, gehen wir gemeinsam auf die Hundert zu. Wapapapapa, wappapapaaaa. Wapapapaapaa!« Robi hat gut reden, dachte sie. Die musste nie um ihre Existenz kämpfen, wohnt mit Guli auf sechshundert Quadratmetern, hat eine zweistöckige Acienda mit ausgebautem Turm und einen Teich mit acht riesigen Karpfen als Haustiere. Und dann kommt Bea und fragt, ob die fürs Weihnachtsessen wären. Ijana presste die Hand vor ihre Lippen. Noch bei der Erinnerung wäre sie fast geplatzt vor Lachen. Guli und Robi hatten wie versteinert dagestanden. Haustiere essen! Diese Schweizer.

»Erfolg geht mit kleinen Schritten voran.« Robi hatte mit ihrem Wein genau das erlebt und war entsprechend überzeugt. »Und manchmal genügt es, alles zu unterlassen, was zum Misserfolg führen könnte. Dann ist Erfolg ein Versprechen. Eines, das nie ganz eingelöst werden darf.«

»Vielleicht ist es berufsabhängig«, sagte Beate langsam. »Der Wein wächst mit dem Alter. Er wird immer kostbarer, während er im Keller liegt. Aber eine Autorin, wenn sie nicht verhungern will, muss Renner produzieren, Federweißen sozusagen, der sich sofort verkauft und nicht erst ein paar Jahre reift. Sie muss immer alle Schritte gleichzeitig machen. Noch ehe die Druckerpressen still stehen, hat sie mit der Journalistin zu flirten, die das letzte Mal diese schöne Rezension verfasst hat. Nebenbei bezirzt sie Buchhändlerinnen und lächelt sich durch die Verlagspartys. Networking, von Buch zu Buch und jedes Mal wieder von vorne. Und wehe, du vergisst irgendwen irgendwo. Dann gnade dir die Göttin.«

Die Erinnerung an die Lesereise als Damenduett habe ich mir neu erschaffen müssen. Zeitungsartikel, Radiointerviews, Fotos, die Erzählungen von Eve und anderen haben mir dabei geholfen. Genau wie das Online-Tagebuch, das ich selbst mitgeschrieben hatte. Freundliche Aufnahme überall. Der Jeep, der uns von dem einsamen Waldweg rettete, als das Navigationsgerät aufgegeben hatte. Eves alter Kastenwagen, Madame Voiture, die rumpelte, ächzte, an jeder Steigung keuchte, noch lange nach der Fahrt tickte

und knackte und deren Achsschenkelbolzen doch durchgehalten hatten. Achsschenkelbolzen. Was für ein Wort.
Eine einzige Erinnerung habe ich nicht aus zweiter Hand. Allerdings schien gerade die mir unglaubhaft. Mitten in der Nacht war bei strömendem Regen auf der Autobahn der Scheibenwischer abgefallen. Zum Glück nicht auf der Seite der Fahrerin. Mich schaudert es immer noch, wenn ich daran denke. Was habe ich mich gefürchtet, ich habe Madame Voiture schon schlingernd auf den nächsten Parkplatz einbiegen sehen, der natürlich stockfinster gewesen wäre, ohne Kiosk oder funktionierende Toiletten. Menschenleere Gegend, mitten im Wald, umgeben von Blutsaugern und Kannibalen. In der übernächsten Ausgabe der Boulevardzeitung hätte man es dann lesen können: »Grausamer Fund! Abgenagte menschliche Knochen in einem Kastenwagen entdeckt. Satanismus im Odenwald?« Nein, ich wollte nicht sterben! Ich war doch gerade erst dem Tod von der Schippe gesprungen.
Diese Stunden, als Eve und ihre Madame Voiture mir nur noch die Wahl zwischen Panik und Schreiorgie gelassen hatten, sind meine einzige eigene Erinnerung an die Reise des Damenduetts. Drei Fototermine, fünf Radiointerviews, 22 Lesungen, 28 Tage, unzählige Autobahnkilometer, Gesichter, Gespräche, Gespenster.

»Künstler brauchen gute Presse«, sagte Robi. »Wir Geschäftsleute haben lieber gute Verbindungen.«

Was sollte denn das jetzt, fragte sich Ijana. Wie der Alltag einer Autorin aussieht, so etwas kann sie sich nicht vorstellen. Robi wird es sich nie abgewöhnen, von sich auf andere zu schließen. Keine Chance, dass sie nur etwas empfindet. Wie wir uns fühlen, nach dem Krebs, wenn wir endlich wieder weiter sollten. Manches zerbricht der Krebs. Anderes entsteht durch ihn. Bei mir ist beides der Fall. Aber Robi sieht immer nur eine Seite. Ihre.

»Die alte Kleine-Welt-Theorie, die ist hübsch.« Beate winkte ab. »Sie hat nur einen Haken. Jeder kennt sechs Leute. Und leider führen alle Wege nach Rom. Somit gibt es zu viele, die dem Papst seinen Messwein verkaufen wollen.«

»Da ich habe es doch gut.« Ijana hob ihr Glas. »Ich bin la unica, die Einzige im Dorf, ah, ba, in der Region, die Pilates anbieten kann im Wasser!«

»Noch«, sagte Robi. »Jetzt bist du die Einzige, die das kann. Aber glaube mir, sobald du Erfolg hast, ist es aus mit der Exklusivität. Pools gibt es viele, und die meisten sind auch ohne Schmutzfink zu haben. Warte nur ab.« Sie trommelte mit den Fingern auf die Tischplatte. »Ich habe es«, sagte sie dann. »Exklusivität kann immer wieder neu entstehen. Sie muss. Du beginnst vielleicht mit Wasserpilates, aber dann.«

»Ja, was dann?« Ijana sah sie verblüfft an.

»Wir haben doch die alten Ställe auf der Acienda. Da ist genügend Platz. Wir bauen sie um, für dich. Stellen große alte Fässer auf. Von denen haben wir noch ein paar übrig. Die Leute baden darin, in Wasser, Wein oder Prosecco, Muskeln und Gelenke relaxen in heißen Traubenkernen, du machst Massagen, Tresterpackungen so wie mit Fango. Wellness mit Wein, da kann man doch eine ganze Menge mit machen. Ich werde mich erkundigen. Du wirst sehen, du brauchst keinen Pool.«

Ein altes Fass gegen den schicken Pool? Ja, bin ich denn eine Krebsschere! Erst knackt sie mich, dann saugt sie mich aus. Zum Schluss werde ich weggeworfen. Leer. Nur noch die Hülle, mit der niemand etwas anfangen kann. Und dann? Meine Rente? Was dann?
»Und du kommst dann bei mir auf die Werbung. So viel Zielgruppe hast du noch nicht gesehen. Wir verbinden das, Weinprobe und Massage. Wellness für Bauch und Rücken. Ich sehe schon den Slogan vor mir. Neue Kraft aus alten Fässern. Enoteca Energia. Wir brauchen einen neuen Stempel.«

Wir, dachte Beate. Wir? Da plant sie und plant. Hat sie vergessen, wie lange Ijana noch bis zur magischen Fünf-Jahres-Grenze braucht? Ahnt sie wirklich nicht, wie groß die Angst ist, zu sterben, bevor sie die erreicht hat? Ijana hat keinen Platz für den Gedanken, dass Robi vor ihr gehen könnte. Dass man auch an etwas anderem als Krebs sterben kann.

»Die Leute kommen zu mir, weil sie wieder für die Arbeit fit werden wollen. Weil sie Schmerzen haben. Oder weil sie abnehmen wollen. Ich muss die Privatsphäre meiner Patienten schützen. Wie oft muss ich das noch sagen?«

Das Fass, das Robi jetzt aufmacht, in dem würden wir beide ertrinken. Ich kriege doch jetzt schon nichts geschafft, jammerte es in Ijana. Sie hielt sich die Hand vor den Mund. Nicht klagen, ermahnte sie sich, sonst läuft das Fass noch über. Dann wendet sich Robi schneller von mir ab als sie ein Glas Wein ausgetrunken hat. Wie soll das denn nur alles werden? Robi plant und verlässt sich auf mich. Mit dem Pool ginge ich nur alleine unter.

»Ich sage nur ein Wort. Touristen.« Robi freute sich auf die gemeinsame Arbeit. »Okay, noch ein zweites. Wellness. Und ein drittes. Wein.«
»Und ein viertes.« Beate grinste breit. »Karpfen.«
Ijana und Robi starrten sie entgeistert an.
»Ja, Karpfen«, wiederholte Beate. »Gegrillt. Oder blau à la Müllerin. Gebraten. Fischsuppe. In Weinsauce. Ihr versteht mich immer noch nicht, stimmt's?«
Zwei Köpfe nickten. Beate lachte. »Du brauchst eine gute Küche. Die Leute werden Hunger haben. Mindestens eine Minestrone muss auf dem Herd stehen. Sonst sind die Karpfen schneller weg, als ihr gucken könnt. Deine Mutter muss ran.«
»Und nach dem Essen du musst ruhn. Nach einer Massage sowieso. Sollen wir in den Ställen Stroh aufschütten, Wellness à la Campagna?«
»Ihr nehmt mich nicht ernst.« Robi sah beleidigt drein. »Dabei habe ich nur eine erste Idee gehabt.

Wein und Wellness, das zieht, ich weiß es.«
»Gesunde und Kranke in einem Fass?«
Robi nickte. »Barrique, genau.«
Wein und Fango? Physio und Wellness? Na, dann Prost. In jedem Beruf stecken Überraschungen, dachte Beate.
»Ihr mir macht Angst. Alle beide.« Ijana flüsterte es fast. Abrupt stand sie auf und ging ins Café. Vielleicht sollte ich wirklich auf Beate hören, dachte sie. Nicht mehr Entscheidungen treffen als unbedingt nötig. Ich bin so müde.
Robi schenkte sich den Rest aus der Karaffe ein und verzog schon wieder das Gesicht. »Angst kommt und geht«, sagte sie.
»Aber eigentlich verlagert sie sich nur«, antwortete Beate. »Stell dir vor, nach dem Krebs ist mein Lampenfieber wie weggeblasen. Keine Angst mehr, mich vor den Leuten zu exponieren. Bis zu meiner Krebserkrankung hatte ich bereits Stunden vor einer Lesung gelitten. Bis zum Hals schlug mein Herz. Rasender Puls, bis in die Schläfen! Nackenschmerzen, verhärtete Schultern. Dieser Knoten im Magen. Wie sollte ich mit zitternden Händen bloß das Buch halten? Das ist vorbei. Immerhin etwas Positives, was ich mit meiner Krankheit in Verbindung bringen kann. Dafür sitze ich nun schweißgebadet im Flugzeug.«

Mit einem Tablett in der Hand kam Ijana zurück. »Jetzt brauche ich erst einmal einen Kuss.« Sie setzte sich.
»Einen? Tausende kannst du von mir haben.« Robi

fiel es schwer, nicht gleich über sie herzufallen. »Über alles andere lass uns eine Nacht schlafen.«

»Darüber schlafen ist immer gut«, sagte Beate. »Aber nicht einmal der Siebenschläfer weiß, welche Träume der nächste Tag hat.«

Robi schenkte Ijana ihren Kuss und küsste Beate gleich mit.

»Hätte ich damals gewusst, was ich heute weiß ...«, Beate sah dem Trattocino nach, der auf seinen drei Rädern vom Marktplatz her an Sant'Agata vorbei die Straße hinunterfuhr. »Ich frage mich oft genug, ob ich nicht doch besser Journalistin geblieben wäre.«

Ijana sah sie überrascht an. »Du würdest lieber für die Zeitung schreiben?«

Beate zupfte sich am Ohrläppchen. »Früher«, sagte sie langsam, »damals, auf der Lokalredaktion, habe ich mehr geschrieben. Ich habe meinen Auftrag erhalten, in einem Team gearbeitet und mich über den Chefredaktor geärgert.«

»Und ab morgen«, Ijana kicherte, »ab morgen du sitzt bei uns, in il giardino, am Karpfenbecken, und schreibst deine Geschichte. Nicht viel, eine Zeile, eine Seite am Tag.« Ijana prostete Robi zu.

Die lachte. »Und worüber? Worüber ihr so redet den ganzen Tag. Über die Wintersonne in Bella Italia. Und dann Minestrone bei meiner Mutter zum Feierabend. Basta.«

»Zum Donnerwetter noch mal.« Wie gerne hätte Beate mit der Faust auf den Tisch geschlagen, doch es war kein Platz mehr zwischen den Gläsern und Tellerchen. »Ich werde kein Buch über Krebs schreiben.«

»Warum denn nicht?« Robi presste die Lippen aufeinander.
Weit zurückgelehnt saß sie neben Ijana. Beide wirkten auf einmal vollkommen einträchtig.
»Warum nicht? Ich will es euch sagen. Was mache ich, wenn ich das Buch in der Hand halte, gedruckt, gebunden, ausgeliefert und überall erhältlich? Was dann?«
»Wie, was dann?« Robi klang erstaunt.
»Sie lesen es, die Leute«, ergänzte Ijana. »Das sollen sie doch.«
»Es ist eine Sache, über Krebs zu schreiben, und eine andere, darüber befragt zu werden. Eine ganz andere Sache ist das.«
»Sag doch dem Verlag, keine Interviews, oder nur schriftlich. So mache ich das, wenn wieder irgendein Magazin eine Homestory machen will über die jungen wilden Winzerinnen und mich unbedingt dabei haben will, vorausgesetzt, ich kaufe auch mindestens eine Seite Anzeigen.«
»Genau. Meine Robina hat recht. Oder du schreibst unter Pseudonym. Elisabetta Canceri. Die gibt kein Interview und macht keine Lesung. Aber die steht auf deinem Buch. Und niemand weiß, dass Beate Berthold es geschrieben hat. Cool!«
Pseudonym, dachte Beate. Sehr witzig. Ich habe doch schon Bernd Breitenmoser mit seinen schwulen Geschichten. Berniboy, der Stiefelknecht. Der muss sich verstecken. Von dem gibt es nicht einmal ein Foto, weil er in Wahrheit sehr prominent ist und ihm das Schwulenouting schaden würde. Es wäre das Ende von Bernd. Aber ich?

»Hört doch endlich auf.« Beate rieb sich die Wange.
»Schade«, seufzte Robi. Wie nebenbei strich sie behutsam über die Rückenlehne von Ijanas Stuhl. »Sehr schade. Vielleicht könnte ich dich besser verstehen, mit diesem Buch.«
Wie gerne hätte sie einen Ansatzpunkt gehabt, von dem aus sie den Faden zu Ijana spinnen konnte. Aber Beate wollte nicht. Robi rieb sich die Augen.
»Auch das noch. Fang bloß nicht an zu heulen.«
Wenn eine Frau in ihrer Gegenwart weinte, wusste Beate vor Verlegenheit nicht, wie sie reagieren sollte.
»Mir ist aber danach«, sagte Robi.
Beate reichte ihr eine Serviette.
Robi schniefte kurz und putzte sich diskret die Nase. Ausschweifende Gefühle zeigen, mitten auf der Straße, das ziemte sich nicht. Ihre Erziehung gestattete temperamentvolles Reden und Gestikulieren, aber ein Gefühlsdrama? Das erlaubte sie sich nur in den eigenen vier Wänden.
»Ihr hattet beide Krebs. Aber ich nicht. Ich konnte nur zusehen. Ihr habt überlebt. Und ich? Ich weiß nicht mehr weiter.«
Ijana zog die Augenbrauen hoch. »Du könntest fragen mich. Ich sag dir doch alles.«
»Ja. Aber leider verstehe ich dich nicht.«
»Was für ein Buch soll Beate schreiben denn? Fünfzig Schatten von Krebs? Gesunde kommen vom Mars, Kranke von der Venus? Krebs, der ist Pandoras Büchse, voll mit Krankheit, Hoffnung und Verzweiflung. Bei jeder es ist anders, was notwendig für sie war und wie sie es erlebt hat.«

Beate hätte sie küssen können, so erleichtert fühlte sie sich. Ja, Ijana verstand sie, endlich. Seit ihrer Krebszeit hasste Beate es, wenn ihre Entscheidungen grundsätzlich erst einmal hinterfragt wurden. Sie war zu unsicher, um sich zu wehren gegen diese unendliche Kette an Ratschlägen, Besserwissereien und Du-musst-doch-einfach-nur!
»Du könntest mir helfen, Bea, und tust es nicht. Ich bin verkrebst, genau wie ihr. Aber hat das eine Folge für euch? Wer kümmert sich um mich? Für mich gibt es nichts, keine Chemo, keine Bestrahlung, keine Rekonvaleszenz.« Robi konnte den nächsten Tränenschwall nicht mehr zurückhalten. »Ich habe nichts. Ich weiß nicht einmal, was ich fragen soll. Es kommen sowieso keine Antworten, die ich verstehe. Ihr Egoistinnen!«

Manchmal muss eine sich den Kopf heftig stoßen, bevor sie weiter weiß. Hätte ich mich auf Tour gehen lassen? Frau Räber und Frau Doktor Matter waren zwar nicht begeistert gewesen von der Idee, aber sie ließen mich machen. Emma Weisskopf von der Krebsliga auch. Aber alle drei mochten mich von Berufs wegen. Doch wenn sie mit mir gelebt, wenn sie mich geliebt hätten?
Geduld. Das war nicht gerade meine Stärke. Die Spaziergängerin von der Allmend suchte sich täglich ihren Weg durch Zürich, die Stadt, die ihr jeden Tag aufs Neue fremd war, ihre Stadt, ihr Quartier, in dem sie seit über einem halben Jahrhundert lebte. Die verdammte Chemotherapie! Die war kein Waschmittel,

das sauber zwischen Schmutz und schwarzer Farbe unterscheiden konnte. Die wusste nichts Besseres zu tun, als Zellen zu verfärben, von denen sie die Finger zu lassen hatte. Was nun? Warten oder üben? Zuhause bleiben oder hinaus in die Welt? Ich habe allen Mut zusammen gepackt und bin mit Eve auf Lesereise gefahren. Und siehe da: Die verfärbte Wäsche wärmte. In jeder Stadt, an jedem Ort fand ich mich schneller zurecht als Eve. Wer hätte das gedacht? Eve war noch überraschter als ich. Aber das war nicht das Einzige, was sie während der vier Wochen Tour entdeckte. Sie begann, mich mit ganz neuen Augen zu sehen.

»Die Jungunternehmerinnen, immer noch besetzt.« Ijana steckte ihr Smartphone wieder in die Handtasche. »Aber keine Sorge. Wir finden eine Selbsthilfegruppe für dich, Robinella mia.«
»Selbsthilfe. Schon wieder«, sagte Robi. »Soll ich nun dich fragen oder lauter Fremde?«
Ijana und Beate zuckten mit den Schultern. Beide versuchten, ein Schmunzeln zu unterdrücken. Robi merkte es. Sie seufzte. Ich bekomme keine Antworten und sie verstehen einander ohne Worte, dachte sie.

Vielleicht gehören ja sie zusammen? So ähnlich, wie sie einander sind. Das war schon immer so. Beate sieht, dass Ijanas Hände zu schwach sind, um Orangen auszupressen, und am nächsten Morgen steht der elektrische Saftautomat in der Küche. Wie ich diese Stromverschwendung hasse. Oder gestern beim Abendessen. Scaloppine al limone. Es hat nicht lange gedauert, da hat sie meiner Ijana das Fleisch klein geschnitten. Hätte ich das getan, wortlos, einfach so, wäre der Teller auf meinem Schoß gelandet. Oder an der Wand. Bea spürt, wann der richtigen Moment ist, und handelt ohne jedes Zögern. Einfach so.

»Robinella mia, mia carina, ich liebe dich doch. Tu, was gut tut dir. Gruppe oder mich fragen, es ist gleich. Es muss dir nur gut gehen mit mir.« Ijana zupfte Robi ein kleines Blatt aus dem Haar. »Ich hatte diese Krankheit«, sagte sie. »Sie hat mich geschliffen und poliert wie Wasser einen Kiesel. So lange ich mich spüre, bin ich gesund. So lange, bis ich leide wieder. Und in der Zwischenzeit? Bin ich dir genug, auch ohne eine sichere Zukunft?«

Nach fünf Jahren, wenn immer noch alles in Ordnung ist, wirst du als geheilt betrachtet, dachte Beate. Noch gut zwei Jahre hast du vor dir. Und die verbringst du in diesem sonderbaren Land neben deinem Leben. Dort, in diesem Nachbarland, herrschen ähnliche Sitten, aber die Sprache ist anders. Ob Pool oder Fässer, ganz gleich wie du dich entscheidest, beides kann dir helfen, wird dir zu Stufen beim Heraufklettern. Aber dann ist eine weitere, eine zweite Rekonvaleszenz fällig.

Robi lehnte sich zurück. Vom Mittagslicht geblendet, kniff sie die Augen zu. Sie setzte die Sonnenbrille auf, die sie sogar im Bett noch trug, dieses unverwechselbare Kennzeichen der echten Italienerin, einer, die das Prinzip der bella figura verinnerlicht hat. Mut zum Klischee: Sonnenbrille als Schutz bei Tag und als amüsanter Fetisch in der Nacht.

Mein Gegner ist der Krebs. Robi legte sich die Hand auf den Bauch. Der Krebs ist es und nicht Ijana. Oder ist sie es doch?
»Sag mal«, fragte Beate zögernd, »die Sache mit den Fässern. Die Idee ist dir doch nicht einfach so gekommen.« Das kommt mir alles so durchgeplant vor, sauber nach Kosten und Nutzen berechnet, dachte sie. Als hätte Chantal die Analyse gemacht und jede Zahl dreimal über den Rechenschieber gejagt. Da muss doch mehr dahinterstecken als bloß Rendite. Sie schnalzte mit der Zunge. Das kann nur er sein, schoss es ihr durch den Kopf. Das hat er fein eingefädelt, der Krebs. Stößt Robi über Ijana mit der Nase auf die eigene Endlichkeit. Was mag Freund Hein ihr wohl ins Ohr geflüstert haben? Angst steckt an. Beates Fuß federte auf und nieder.

Eine Autohupe gellte. Der Ton ging ihr unter die Haut, drang mit dem Blut in jede ihrer Zellen und ließ die Nerven vibrieren. Sie steckte ihre Hände in die Hosentaschen und ballte die Fäuste. Am liebsten hätte sie Robi gepackt und geschüttelt und Ijana gleich mit. Dieses Schweigen, dieses lange Schweigen. Wie halten die das aus?

»E vero, hast du mich verplant?« Ijanas Stimme war auf einmal schrill. »Meine Zukunft, mein Morgen?

Einfach so, ohne dass du mich auch nur ein Mal fragst? Robinella?«

»Du weißt doch. Guli. Sie liegt mir schon so lange in den Ohren. Sie braucht den Platz in der Scheune. Für ihre Künstler.« Robi rollte mit den Augen. »Ich hätte die Fässer längst wegschaffen sollen. So viele brauchen wir doch nicht mehr. Klasse statt Masse. Aber zum Wegwerfen sind sie zu schade. Da habe ich überlegt, was man damit machen kann. Möbel, nein, der Geruch, das hält niemand aus.« Langsam kroch eine zarte Röte über ihre Wangen. »Auf einmal hatte ich es. Du bist nicht unschuldig daran, meine Liebe. Ich habe dich gesehen, als du in der Badewanne lagst, in einem von deinen Aromabädern. Da hat es bei mir klick gemacht.«

Ijana richtete sich auf. »Komm zur Sache.«

Robi holte tief Luft. »Ich bin dir so dankbar«, sagte sie. »Seit du krank geworden bist, verstehe ich die Reben besser. Deine Fee hat mich besucht, als du operiert wurdest. Ich saß zwischen den Rebstöcken. Auf einmal stand sie bei mir. Du hättest sie mir geschickt, sagte sie. So hast du mich zur Rebenflüsterin gemacht, Ijana, du warst das, meine Fee.«

Gleich fängt sie an zu weinen, dachte Beate. Ich sehe es genau.

Robi zog ihr weißes Taschentuch aus der Latzhose und schob es über die Tischplatte. »Ich bin dir so dankbar. Durch dich ist mein Wein erst, was er ist.« Sie streichelte ihr den Oberschenkel. »Ich kann nun den Reben geben, was sie brauchen. Ich störe sie nicht mehr, sondern helfe ihnen. Partners in wine, das sind wir.«

»Und wir sind Partners in life?« Ijana riss die Augen auf.
»Von der Wellness für die Reben im Weinberg zum Fassbaden in den Ställen ist es nur ein Feenflügelschlag. Fliegst du mit?«
»Wenn ich mir die Flügel breche, was dann? Fallen wir dann beide ins Meer?«

Dann schwimmen wir, dachte Robi, ich halte dich fest. So schnell gebe ich meine Ijana nicht her. Ich habe zu viel investiert. Meine Münze, ach was, meine ganze Währung ist die Liebe. Die ist krisenfest. Mit Fee oder ohne.
»Nicht ins Meer. In die Maische. Das wird ein Rausch!« Robi leckte sich die Lippen. »Selbst mit Kopfweh kann ich noch besser rechnen als jeder Kater. Ach was. Mein Wein macht sowieso keinen Kater.« Sie rieb sich die Hände. Wie war das noch, was gab es, das ich fast vergessen hatte? Sie runzelte die Stirn.
Beate lachte. »Mein Wein macht keinen Kater. Das wäre der Slogan. Sagt man das so hier in Italien, hier im Dorf? Vini Robinellina. Der Wein, der Sie auch am nächsten Morgen noch liebt.«

Der neue Wein, dachte Robi, den hätte ich fast vergessen. Wie konnte ich nur! Womit bin ich bloß beschäftigt? Ich glaube, ich brauche wirklich Hilfe.

»Tut mir leid, Bea. Ich habe gerade etwas ganz anderes im Kopf.«

Meine Mutter hat es schon gesagt. Das Mittel für alles ist, immer einen Dreh in petto zu haben, besonders in Liebesdingen. Manchmal muss eine Liebende in die Trickkiste greifen. Wenn es um die Rettung des Herzens geht, ist es auch erlaubt, einen Stall zum Wellnesstempel umzufunktionieren. Eine Liebende sollte sich nicht zu fein sein, zuzupacken. Ich bin es doch gewohnt, mir die Hände schmutzig zu machen. Immerhin stehe ich tagein, tagaus vor meinen Weinstöcken, dünge, hacke, jäte, schneide hier, pfropfe dort, zupfe, binde fest, stütze und was nicht noch alles. Und wenn ein Traubendieb auf vier Pfoten kommt oder ein vorwitziger Schnabel von den Früchten naschen will, tue ich das meine. Was haben die Arbeiter gestaunt, als ich dem Habichtpärchen ein Nest bot. Aber als die Krähen verschwanden, verstanden sie.

»Robinella, ich denke drüber nach.« Ijana zählte Punkt für Punkt an den Fingern ab. »Erstens. Wir brauchen einen Businessplan. Wir müssen Guli fragen, wegen ihrer Zitronenbäume. Einen Kostenvoranschlag einholen. Am besten fangen wir gleich bei den Jungunternehmerinnen an. Morgen. Kommst du mit?«
Robi griff zur Karaffe und leerte sie in die Gläser. Mit einem energischen »Saluti« hob sie das Glas im Gefühl, für Ijana die Frau zu bleiben, auf die Verlass war, die sie aus der Krebssauce geholt hat und mit ihr den Hummer verspeisen wird. »So ihr beiden Hübschen, auf mich wartet der wilde Wein.« Sie sprang auf. Fast hätte sie den Tisch umgestoßen. »Die Trau-

ben wollen heute gelesen werden, sie ziehen es nun einmal vor, von mir beflüstert zu werden«, log sie, denn heute war das Durchackern des Schreibtischs angesagt. Lieferanten wollten bezahlt werden, Rechnungen warteten auf Robis Unterschrift, für die Lese brauchte der Vorarbeiter noch ein paar kräftige Schultern und flinke Hände.
»Wie ist es mit euch beiden? Kommt ihr morgen mit zum Wümmeten? So sagt ihr doch bei euch in der Schweiz, wenn die Wümmerer und Wümmerinnen hoch hinaufsteigen zur Weinlese, oder? Hier musst du noch nicht einmal auf einen Berg. Wir haben Terrassen, ganz bequem. Na, wie wär's?« Sie grinste. Dingelsdorf? Oder schon Hiddensee? Ach was. Ich nehme gleich das Handy. Hoffentlich kann sie. Zwei Krebsprinzessinnen auf meiner Acienda, die schaffe ich wohl doch nicht allein.

Ijana sah Robi überrascht an. Die wollte jetzt fort? Das konnte doch nicht sein, Sant'Agata hatte die Siesta noch nicht beendet. Hatte Robi heute nicht ihren Bürotag? Sie sollte noch nicht gehen.
»Och, Robi. Das Miramare, ich wollte dir doch den Pool zeigen.«
Ihr Magen rumorte. Etwas stimmte nicht.
Im Schein des Lebensflämmchens, das sich seit ihrer Erkrankung immer wieder entzündete, konnte nichts und niemand Ijana etwas verheimlichen. Ihre Klienten fürchteten ihren Blick. Dabei ließ sie ihnen noch so absurde Heilungsversuche durchgehen, selbst wenn die ihren Tumor von einem Geistheiler

auf den Philippinen mit der bloßen Hand entfernen ließen oder überdosiert Vitamine und Mineralstoffe schluckten. »Vertrau deinem Bauch«, sagte sie und wusste es nicht zu begründen. Wie sollte sie erklären, dass das Flämmchen die Karte erhellte und das Bauchgefühl die Kompassnadel war?

»Lass gut sein, meine Liebe. Wir sprechen heute Abend darüber, ja?« Robi griff nach ihrem Taschentuch. Warum ist es Ijana gerade so wichtig, dass ich bleibe? Vielleicht, weil Bea dabei ist, kann es das sein, zwei gegen eine?
»Heute Abend? Na gut. Ich weiß dann auch schon mehr.«
Warum ist es mir jetzt gerade so wichtig, dass sie bleibt, fragte sich Ijana. Vielleicht darum, weil Bea uns wieder näher zueinander bringen könnte? Auf jeden Fall bleibt sie noch eine ganze Weile bei uns. Das ist gut. Ich habe noch so viele Fragen an meine sorella di canceri. Aus dem Handgelenk fällt mir gerade keine ein. Ein Buch, das wäre gut, ein Handbuch für mich persönlich. Von ihr. Besser noch ein Roman, der alle meine Fragen beantwortet. Zwei in einem. Die Geschichte für mich und der Ratgeber für Robi.

»Ciao amore, dann bis später also.« Ich liebe sie so, dachte Robi. Was soll ich nur tun? Sie umarmte Ijana und kicherte leise. Ich weiß es. Mein Plan ist grandios. Absolut elegant und dabei fair. Das hätte mir früher einfallen können.

»Wir sehen uns.« Sie zwinkerte Beate zu.
»Ciao«, sagte die und sah ihr nach, bis der rote Ape-Lieferwagen knatternd an der hellblauen Vespa vorbei war und Robi die Via Sant'Agata überqueren konnte. Im Gewimmel zwischen Supermercato und Gelateria tauchte sie unter, einen Ellenbogen von sich abgehalten.
Beate grinste. Nicht nur Ijana, auch Robi hat ständig ihr Handy am Ohr. Ich glaube fast, hier in Italien telefoniert man sogar im Schlaf und beim Sex vermutlich auch noch. Seitdem wir hier sind, hat uns allerdings kaum ein Gebimmel oder Gedudel belästigt, fiel ihr auf. Sie schaute sich um. Niemand sitzt allein hier, stellte sie fest. Dann muss auch keiner telefonieren, nur um seine eigene Stimme zu hören. Wann hat eigentlich Eve das letzte Mal angerufen?
»Robi federt so fröhlich. Die Pause hat ihr gut getan.« Hinter den Touristen, die sich vor dem Palazzo d'Orsini um ihre Fremdenführerin drängten, sah Beate noch einmal den dunklen Lockenschopf wippen. Und immer noch oder schon wieder am Telefon.

»Sie braucht gar keine Pausen, das ist ihr Geheimnis. Sie arbeitet nicht. Was sie tut, tut sie mit Leidenschaft.«
Mir gelingt es nicht, den Augenblick zu fassen und mich darin zu räkeln wie Robi, dachte Ijana. Dabei ist genau das die Gesundheitsregel, im Jetzt sein und es genießen. Konnte ich das je? Vielleicht bin ich zu sehr mit mir selbst beschäftigt. Habe ich diese Schwere nicht schon mitgebracht, als ich damals von Berlin

zurückkehrte? Ich weiß es nicht. Halt. Stopp. Bea hat gesagt, nein, auch wenn sie es nicht gesagt hätte. Ich. Bin. Nicht. Selber. Schuld. Sicher nicht, nein, vielleicht. Vielleicht ist es möglich, die Waagschale zum eigenen Vorteil zu beladen. Keine Zigaretten, kein Alkohol und so weiter. Lebe gesund und du bleibst gesund. Dabei ist Krankheit die Norm und Gesundheit ein Geschenk. Der Mensch kann sich ein gesundes Leben wünschen. Wünschen geht immer. Das ist das Geburtsrecht, aber Gesundheit? Darauf hat niemand ein Recht. Gesundheit bleibt Flickwerk. Schraubst du hier, spannt es dort. Irgendwann reißt etwas, platzt oder zerbricht. Päng. Und nicht für alles gibt es Ersatzteile. Da muss ich nicht weiter grübeln. Wer könnte denn auch schon ernsthaft denken, bei dem Lärm gerade? Wer ist der Blödmann? Der hört und hört und hört nicht auf zu hupen. So ein Hühneraffe!

Ijana blickte auf. Am Straßenrand stand ein Cinquecento, dessen Fahrer sich aus dem Fenster lehnte und in ihre Richtung gestikulierte. Sie erkannte ihn und winkte. Wild kurbelnd wurde der Wagen vor der Eisdiele eingeparkt. Ein Mann mit dickem Schnauzbart stieg schwerfällig aus und knöpfte sein Jackett zu. Er schwenkte eine Aktentasche und rief sein »Ciao, Signorina!«

»Ciao, Signor Martirolli«, antwortete Ijana. »Du, Bea, ich geh mal eben mit ihm ins Café. Ich glaube, er hat den Vertrag mitgebracht.«

Wie dieser feiste Klops mit seinen dicken Lippen unterm Schnauzbart grinst, muss er sich für unwiderstehlich halten, dachte Beate und verzog unwillkürlich ihr Gesicht zu einer Grimasse. Sie verabscheute Männer mit riesigen Körpern in zu kleinen Autos, genau wie Dickbäuchige in zu engen Anzügen.

Signor Martirolli hielt Ijana die Tür auf und folgte ihr ins Café.

Ein Mafioso? Könnte sein. Ich wollte schon immer mal einen kennenlernen. Aber was soll der von Ijana wollen? Geld gibt es nur dort, wo auch welches ist. Braucht sie etwa mein Geld als Schutzgeld? Blödsinn. Ich habe zu viele Krimis gesehen, Klischee Kaliber 38. Aber spannend sind sie. Nicht einmal die Fatigue konnte mir Mord und Totschlag verderben. Für Anspruchsvolleres war ich zu erschöpft. Monate hat es gedauert, weit in den Winter hinein, bis ich wieder mit neuneinhalb Stunden Schlaf auskam. Silvester bin ich zum ersten Mal wieder ausgegangen. Eve hatte darauf bestanden. Nach monatelanger Funkstille rief sie an. Sie wollte tanzen gehen. Mit mir. Ich zappelte schon wieder am Haken. Auf der Lesereise war unsere Freundschaft unterwegs verloren gegangen. Nach dem Essen vergaßen wir sie in einer Raststätte, vielleicht war sie auch heimlich ausgestiegen, während Madame Voiture sich den Scheibenwischer montieren ließ. Was immer der Auslöser gewesen sein mochte, Gereiztheiten oder Spannungen hatte es keine gegeben. Wir hatten wahrscheinlich die Nase voll voneinander. Wir konnten uns nicht mehr riechen, waren zu viel und zu lange zusammen gewesen.

Was soll eine Märchenerzählerin, deren Geschichten in der tausendundzweiten Nacht beginnen, mit vier Wochen ödem Alltag anfangen, mit Tatsachen wie einem Scheibenwischer, den kein Ritter der Landstraße wieder herbeizaubert? Wären wir ein Paar gewesen, dann vielleicht. Aber als Freundinnen konnte das nicht gut gehen. Dieses Hin und Her, aus den Geschichten in den Alltag, von den Autoscheiben zum automatischen Schreiben, jede in ihrem eigenen Rhythmus? Kein Wunder, dass wir uns am Ende nichts mehr zu sagen hatten, wenn auch auf freundliche Weise. Hätten wir es als Paar geschafft? Sicher nicht. Wir hätten die Scheidung eingereicht. In aller Freundschaft.

Durch das Caféfenster beobachtete Beate Ijana, die einen Stift in die Hand nahm.
Sie wird doch nicht etwa? Sollte ich da nicht doch eingreifen? Mir geht das zu schnell. Wollte sie nicht erst die Unterlagen von den Jungunternehmerinnen anschauen lassen? Was unterschreibt sie da? Und Robi? Moment mal, die Sache mit dem Pool, damit hat Ijana doch erst vorhin angefangen. Wo kommt dieser Signor auf einmal her? Was läuft hier? Und dann so schnell? Ich hätte wirklich gedacht, dass auch in Italien das Mañana-Prinzip gilt. Was du verschieben kannst auf morgen, macht dir heute keine Sorgen. Abwarten. Durchatmen. Kaliber 38 putzen. Sicher ist sicher.
Das hat Eve auch immer gesagt und den Akku ihres Handys nachgeladen, wo sie nur eine Steckdose fand. Eve hat ein Pawlowsches Ohr. Wenn das zu lange

ohne Handykontakt ist, fängt es an zu pfeifen. Nennt man das Telefonieren? Schwatzen, darum geht es. Da wäre sie hier in ihrem Element. Wie lange dauert ein Weg mit Ijana zum Mercato! Alle paar Meter begegnen wir einer Maria, Rosetta, Giannina, Angela, wir bleiben stehen und dann geht es los. Mailands Modevorschriften der letzten und der kommenden Jahre, welche Promis bei der Biennale über den Markusplatz flanierten, der Freund der Nichte, die die Nachbarin besuchte.

Was da geplaudert und geplappert wird, kann ich nur vermuten, aber es interessiert mich ohnehin noch weniger als das instabile Gleichgewicht italienischer Reissäcke im Vergleich zu chinesischen. Ich stehe daneben und verstehe kaum ein Wort. Ständig geht das so. Halten, Schwatzen, Lächeln. Eine Stunde später stehen wir plaudernd vor der Tür zum Mercato, der zehn Minuten Fußweg entfernt ist. Hier ist es unmöglich zu vereinsamen. Immer findet sich jemand für einen Schwatz. Dass ich kein Italienisch kann, stört niemanden. Lächeln genügt. Was für eine Erleichterung!

Ich habe den Smalltalk verlernt. Auf die Zunge beißen, damit mir nur ja nichts über die Lippen krebst. Zuerst hatte ich das Unwort nicht aussprechen können. Eine Zeitlang hatte ich sogar seinen Namen vergessen. Aber jetzt, Jahre später, rutscht mir der Krebs ständig und immer ungerufen über die Lippen. Natürlich rede ich nie direkt über ihn, aber alles und jedes bekommt seine Schere aufgestempelt. Giannina zwickt mit einer spöttischen Bemerkung

Angelas Stolz und krebst dann zurück. Marias Metaphern wuchern zu Metastasen. Rosettas Gesicht ist vor Aufregung röter als ein Krebspanzer. Augen bekommen mit einem einzigen Zungenschlag Krebsfüße, die im Gesicht Tochtergeschwulstfäden nach sich ziehen. Ehe ich es mich versehe, sind aus Gedanken Worte geworden. Ich kann den Krebs nicht kontrollieren, er hat jeden Smalltalk in einen Hindernislauf verwandelt. Ich könnte schreien. Stattdessen schweige ich. Im Grunde genommen sitze ich immer noch im Wartezimmer der Onkologie. Niemand hat mich abgeholt und aus der Erstarrung gerissen.

»Scusi, signora.«
Beate sah auf. Die Kellnerin stellte einen Espresso auf den Tisch, das Glas Wasser gleich daneben. »La Signora Ijana.« Sie deutete in Richtung Café. »Capisce?«
Beate sah Ijana durchs Fenster winken und die Finger spreizen. Fünf Minuten? Sie lächelte, während die Kellnerin mit dem Geschirr zurück ins Café ging. »Grazie«, rief Beate ihr nach.
Ijana meint vermutlich Smalltalkminuten, und die können noch eine Weile dauern. Das kenne ich nur zu gut. Das war bei Eve nicht anders. Meine kleine Plaudertasche mit dem warmen Öhrchen und den kalten Fingern. Aber sie will ja auch immer nach Hiddensee. Warum eigentlich zu diesen maulfaulen Fischern? Jedes Jahr das Gleiche. Kaum droht ein Feiertag, sitzt sie im Zug. Und warum hat sie es nicht dabei belassen?
Beate rührte in der Tasse.

as diese Eve mir nicht schon alles angetan hat. Quizmarathon am Ostseestrand. Und ich immer wieder zappelnd in ihrem Netz. Noch ehe ich Jane Austen und Austin Powers erstottern konnte, lange bevor ich merkte, dass das lauter Luftmaschen waren, mit denen sie mich umgarnte, musste sie noch einen draufsetzen. Hat still und heimlich das Klöppelmuster geändert. Fing ganz harmlos an mit »wir könnten doch mal«. Daraus war dann die Lesereise geworden. Mit der hat sie mir eine zweite Rekonvaleszenz eingebrockt, oder war das schon die dritte? Auf jeden Fall lag ich danach flach. Bis sie wieder anrief. An diesem Silvester wurde ich aus dem Wartezimmer der Onkologie verwiesen. Eve tanzte mit mir Rumba, Samba, Slowfox, Jive und Cha-Cha-Cha, quer durch den großen Saal des Frauenhotels.Ich kam vor Lachen kaum zu Atem und beschloss, mit dem Rauchen aufzuhören. Noch ehe um Mitternacht die Küsserei losging, verlor ich Eve aus den Augen. Im Lesezimmer fand ich sie wieder, einen Band Meyers Konversations-Lexikon in der Hand. Sie griff in den Schatten neben ihrem Sessel und holte eine Flasche Champagner mit zwei Gläsern hervor. »Magst du?«

Der Korken löste sich leise zischend.

»Zum Wohl, Bea. Auf eine weitere Lesereise?«

»Ich brauche keine Lesung zum Anstoßen, liebe Eve. Frohes Neues Jahr.« Die Gläser klirrten aneinander. Mein Gaumen prickelte.

Trug Eve nicht eben noch ein T-Shirt? Diese rote Bluse kannte ich nicht. Nun ja, im Märchen ist es klar: Neue Kleider, neues Jahr.

»Beate?«, begann Eve zögernd. »Bea, ich …«
»Ja, bitte? Ich bin ganz Ohr.«
»Also. Hm.« Eve schluckte. »Bea. Beate, ich … Nein. Anders. Weißt du, nach der Lesereise, nun, ich muss dir das mal sagen, ich, ich habe, dich, ver… sag mal, ver…trägst du das, den, den Champagner, meine ich?«
»Ja, Eve? Ach so, ja, der ist prima.«
»Also, ich, Beate, hmm, sag mal, könntest du, eigentlich, hm, könntest du dir vorstellen, vielleicht, mit mir? Für ein, sagen wir mal, Date?« Eve holte tief Luft. »Ja, genau. Für ein Date. Smokey Eyes? Könntest du mir die machen? So, malen? Ich wäre auch gern so verführerisch.«
»Jetzt? Wen hast du denn im Blick? Hier?« Bei dem Licht, dachte ich. Da steche ich ihr womöglich die Augen aus. Was schade gewesen wäre, denn sie hatten gerade diesen ganz eigentümlich verführerischen Glanz. Da durfte ich nicht zu lange hineinschauen. Und wenn ich es doch täte?
Ich wagte es. Bei jedem Wort. Glas um Glas. Bei jedem Satz. Stunde um Stunde um Stunde. Bei jeder Frage. Können Smokey Eyes verführen oder sind es doch eher die inneren Werte? Hinschauen oder hindenken, um diese zu erkennen? Ist Make up dabei hinderlich oder setzt es nur einen Strichpunkt?
Am Frühstücksbüffet diskutierten wir endlich die wirklich wichtige Frage. Wie unterscheidet sich der phallische Symbolcharakter der gemeinen Gartengurke von dem eines luftgetrockneten Würstchens?
»Denn, meine Beste, letzten Endes kommen wir leider Göttin doch nicht darum herum«, dozierte Eve,

»die Diskussion, ob nicht der ökologische Anbau von Sextoys im Sinne des veganen Prinzips eine hervorragende Unterwanderung der phallokratischen heteronormativen westlichen Gesellschaftsstruktur darstellt, als Nebenwiderspruch auszuklammern. Abgesehen davon, was heißt da eigentlich westlich, Gurken wachsen bekanntlich überall. Nun ja, fast. Das wäre noch zu verifizieren. Das ist wie mit den Schwänen. Du weißt schon. Jahrhunderte, nein, Jahrtausende lang war man der Meinung, der Schwan an sich singt, wenn er stirbt. Und, er ist weiß. Und da flattert dann in Australien so ein Viech herum, verweigert sich konsequent dem Gesang und trägt dafür mir nichts, dir nichts eine Federboa in hellem, freundlichen Schwarz. Na, der traut sich was! Da staunt der Wissenschaftler und die Akademikerin wundert sich. Also. Halten wir fest …«

Die Frauen im Speisesaal litten. Waren sie nicht gerade erst aufgestanden? Ob eigenes oder fremdes Bett, unsere quirlige Quasselei quälte die anderen in einem Ausmaß, das kein Camouflagepuder der Welt abdecken konnte. Die Alka Seltzer-Schachtel leerte sich mit Besorgnis erregendem Tempo.

»Wer Feiern nicht verträgt, sollte früher schlafen gehen.« Eves Wispern hallte bis in die hinterste Ecke.

»Nach Mitternacht ins Bett gehen, heißt früh ins Bett gehen. Steht schon bei Shakespeare«, widersprach ich. »Twelfth Night. Wie es euch gefällt.«

Gemeinsam überlegten wir, wie ein Kater beim Frauensilvester im Frauenhotel und dann auch noch am Frauenfrühstücksbüffet Zutritt haben konnte. Es

gab doch klare Regeln, nicht nur, was das vegetarische Angebot betraf. Genderbending hin oder her, Katze ja, Kater nein. Um das Hausverbot für den Kater durchzusetzen, genügte es, nicht schlafen zu gehen.
»Das Biest meldet sich doch sowieso erst am Morgen danach. Durchfesten, das ist die Lösung.« Meine Hoffnung auf Zustimmung wurde allerdings schnöde enttäuscht.
Angesichts des Schweigens, mit dem ringsum der Toast geknabbert wurde, gab auch Eve endlich auf. Erleichtert griffen die Frauen nach der Schale mit dem Kräuterquark, bestrichen Brotscheiben und atmeten auf, als die doppelte Störungsquelle das dunkle Tier in ihnen mitsamt der Genderproblematik in Ruhe ließ, sich noch zwei Stücke vom Neujahrskranz abschnitt und dann schlafen legte. Die Göttin erhielt an diesem Morgen 99 mentale Dankesbriefe. Weitere wurden im Laufe des Tages abgesandt.
Auch ich meldete mich am späten Nachmittag noch persönlich. Das Leben hat mich wieder, schrieb ich. Ich weiß nicht, wie du es gemacht hast, und ich weiß nicht, wie ich es verdient habe, aber ich bitte dich, mich nicht noch einmal zu verlassen.
Damit die Göttin nicht mehr wegflog, gab ich zwei Wellensittichen aus dem Internet ein Zuhause. Die beiden waren schon etwas älter und hätten kein neues Heim mehr gefunden.
»Ihr passt zu mir«, sagte ich. »Ihr habt Gebrauchsspuren, so wie ich. Und ich werde gut auf euch aufpassen. Ihr könnt bleiben. Das Törchen ist offen.«
Was ich versprach, hielt ich auch. Mit Ritter Jürg an

meiner Seite waren die beiden Luftpiraten rundum versorgt, selbst wenn ich meinen Koffer packte und zu Eve nach Dingelsdorf fuhr. Meine Besuche bei ihr wurden immer länger, und die Vögel gewöhnten sich an ihr Reisehaus. Madame Voiture schreckte sie nicht mehr, und das Lied des Scheibenwischers hatten sie bald in ihrem Repertoire.

Reichlich schräg, aber doch erkennbar dudelte Verdi am Nebentisch. Beate rollte mit den Augen. Das Trinklied aus La Traviata als Klingelton, und dann auch noch in elektronisch verzerrter Beatbox-Version? Ein halb gebelltes »Pronto?« beendete das akustische Trommelfeuer. Wunderwelt der Technik, dachte Beate und lächelte Ijana zu, die aus dem Café kam. »Na? Hast du deine Seele verkauft? An diesen Signor Marticosanostra?«
»Alles in Butter. Der Pool ist mein. Ich bin la patrona.« Ijana strahlte. Sie hängte ihre Handtasche über die Stuhllehne.
Beate sah einen großen Umschlag herausschauen. »Zählst du jetzt zu seiner Familie, als Physiomafiosa? Oder nennst du dich Maphysiosa? Darfst du überhaupt darüber sprechen oder gilt das Schweigegelübde schon?«
»Ah, Bea, du bist gemein.«
Beate streckte ihr die Zunge heraus.
»Hör doch. Miete fällt weg. Meine Leute müssen ein Ticket fürs Schwimmbad kaufen und dann ist gut. Aquapilates buchen sie extra bei mir. Danach können sie bleiben so lange sie wollen.«

»Ist doch super!«
»Ja, das ist es!« Ijana lachte. »Aber ich muss noch einmal rechnen. Wenn sie Signor Martirolli ihr Einzelticket zahlen, wird es nämlich teuer. Sie werden denken, das ist Teil vom Kurs. Und wenn ich zu teuer bin, kommen sie nicht. Ich hätte Gruppeneintritt machen können. Das wäre billiger für alle.«
»Das ist natürlich blöd.«
»Ja, es ist. Dass ich den Preis so sehr senken muss, gefällt mir überhaupt nicht.«
»Das ist verdammt ärgerlich.«
»Ja. Aber endlich ich kann anfangen. Keine roten Zahlen. Ganz in Ruhe aufbauen.«
»Du schaffst das.«
»Ach ja, Signor Martirolli hat mir die Koordination übertragen. Wenn der Tauchclub seine Übungen machen will, kommen sie zu mir, zum Babyschwimmen kommen sie zu mir, zum Schwimmunterricht, alle kommen sie zu mir und ich mache den Plan.« Ijana rieb sich die Hände. »Er gibt mir sogar eine Pauschale für die Bürozeit.« Sie grinste glücklich. »Dabei ich hole mir seine Kunden für mich und für Robi. Partners in life, das sind wir wirklich.«

Beate schlug sich vor die Stirn. Natürlich lässt sich mein Krebsschwesterchen nicht übern Tisch ziehen! Sie bekommt es so hin, dass es ihr nützt, und dafür wird ihr auch noch gedankt.

»So habt ihr alle was davon«, sagte Beate und konnte sich ein Schmunzeln nicht verkneifen. »Du kriegst den Pool und Martirolli die Eintritte. Robi hat den Wein und Martirolli die Kunden. Ihr baut den Stall aus, er kennt die Handwerker. Ihr habt die Wellness, er die Touristen. Er hat die Kontakte und ihr den Plan.« Am liebsten hätte sie losgeprustet. »Dabei seid ihr nicht einmal exklusiv gebunden. Guli wird dich noch mehr lieben. Ihre Blüten und Kräuter braucht die Hotelküche. Klatschmohnspaghetti, ein Genuss! Auch wenn es dein Signor noch nicht weiß.«

»Genau.« Ijana sah zu ihrer Handtasche.

Die Kellnerin brachte zwei Gläser mit Prosecco an den Tisch und schwatzte auf Ijana ein. Beate verstand nur »Signor Martirolli«.

»Zum Wohl!«, prostete Ijana Beate zu.

Die griff nach dem Glas. »Auf die Zukunft, liebe Partners of Pool.«

»Auf das Jetzt! Darauf ich will lieber trinken.«

Ijana hob ihr Glas. »Also gut.« Sie gab sich einen Ruck. »Auf die Gesundheit.« Sie nippte. Dann stellte sie ihr Glas ab. Schweigend nestelte sie in ihrer Handtasche. Sie zog den Umschlag hervor, faltete ihn, steckte ihn zurück und zog den Reißverschluss zu. »No, Bea«, sagte sie und griff nach dem Glas. »Zum Wohl. Auf die Vergangenheit.«

Beate verschluckte sich und musste husten. »Nein«, sagte sie, noch immer hüstelnd. Ijana klopfte ihr den Rücken.

»Darauf trinke ich nicht.« Ihre Stimme klang heiser. »Nee. Nee, nee! Vergiss es!«

»Ja, aber.« Ijana blieb der Mund offen stehen. »Habe ich etwa gesagt, du sollst darüber schreiben?«, brachte

sie heraus. »Ich habe mich ja schon abgefunden mit deinem Nein.«
Beate schüttelte so heftig den Kopf, dass ihre Silbermähne wild herumflog. »Vergangenheit ist das Unwort des Lebens«, regte sie sich auf. »Wie kann man nur so ein hässliches Wort erfinden! Das braucht doch niemand!« Sie verschränkte die Arme. »Damit kenne ich mich aus. Granaten habe ich geworfen, Leuchtgranaten, eine nach der andern, nur um in die Nähe meines früheren Selbst zu gelangen. Aber hat es geholfen? Nichts hat geholfen. Ich pfeife auf die Vergangenheit.«
»Was vergangen, lass es hangen?«, meinte Ijana. »Doch ans Ziel ohne Start, das ist hart. Ich sehe es bei meinen Klienten. Wenn ich nicht weiß, warum es bei ihnen so gekommen ist, kann ich ihnen nicht wirklich helfen. Ich muss die Vergangenheit kennen, dann kann ich etwas für jetzt und für die Zukunft tun.«
»Ich weiß nicht, Ijana.« Beate seufzte. »Das ganze Gerede vom Seeleputzen und Aufarbeiten, Selbstverwirklichung durch Selbsterkenntnis, was habe ich mir nicht schon alles anhören müssen! Ich bin es so satt.«
Sie nahm einen tiefen Schluck. Hinter der vorgehaltenen Hand zerdrückte sie einen Rülpser.
Wissen die Leute in ihrem Zurückschauen, was sie in diesem Augenblick verpassen? Diese ständige Seelenbetrachtung ist wie eine Religion, die die Vergangenheit so wichtig nimmt, dass keine Zeit mehr bleibt für die 2,7 Sekunden Gegenwart.
»Warum soll ich viel Geld für Seelenmassage ausgeben, sag mir das!«

Ehe Ijana antworten konnte, legte Beate wieder los. »Fernsehen genügt doch. In den Soaps findet jede ihr neues Rollenmodell. Sei es die Ärztin, die sich entscheiden muss für Power und Partner oder Karriere und Kinder, sei es Roseanne, die liebend gerne einen Ganztagsjob hätte, der Rücksicht auf den Schulbus nimmt. Sex and the City kann besser über die Vorzüge des Zusammenhaltens informieren als jede Rückschau auf die Einsamkeit der Pausenhöfe.« Beate holte Luft. »Die Vergangenheit vor dem Seelenklempner ausbreiten? Jede Frau braucht ihre Geheimnisse, besonders vor sich selbst. Das wussten bereits die Desperate Housewives. So gesehen, tut das Fernsehen mehr für die Seele als alle Kirchen der Welt.«

»Meine Güte, du regst dich aber auf. Du Arme, ich bin doch bei dir ganz. Das Thema geht dir nah, ja? Macht es dich wütend oder traurig? Oder fühlst du dich hilflos, sag?«

»Vergangenheit. Pff. Leben wie zuvor, so sagen sie bei uns in der Schweiz. Ich habe alles versucht, wieder die alte Beate zu werden.« Sie lehnte sich weit zurück. »Was habe ich geübt! Trotzdem kam ich nicht durch die verdammte Drehtür vom Supermarkt. Wer weiß, vielleicht wäre ich immer noch darin gefangen, hätte mich nicht irgendwann jemand hinausgeschubst. Wie viele Tränen habe ich geschluckt! Und das ist noch längst nicht alles. Was hat er mir nicht alles angetan.«

»Du mogelst dich immer noch durch dein Leben? Ich dachte, das ist längst Vergangenheit.« Ijanas Stimme klang flehend. Wie sehr bewunderte sie ihre Bea! Die scherte sich den Teufel darum, was andere von ihr

erwarteten. Die ging ihren Weg. Und sei es auf den Knien, die Spaziergängerin von der Allmend kam voran. Und nun musste sie sich anhören, dass für Beate alles noch schwerer blieb.
»Himmel! Gran cielo! Sag, es ist nicht wahr!«
»Dass ich nicht durch die Drehtür komme? Was soll ich da lügen? Wer hat denn deine Reality gescriptet?«
»Wird es denn nie vorbeigehen?« Ijana flüsterte es fast.
»Hab mal keine Angst, mis Herzchäferli. Bei mir ist es so. Bei dir muss es nicht so sein. Sonst wären die Anzeichen schon lange da. Es wäre dir garantiert aufgefallen. Also keine Sorge. Du hast andere Folgen zu verarbeiten. Und du machst das toll.«
Ijana seufzte erleichtert auf. Sie dehnte die Finger. Dann zog sie an ihnen. Die schienen wieder eingeschlafen zu sein.
»Ja, aber«, setzte sie an.
»Nichts aber«, unterbrach Beate. »Damals. Früher. Zuvor. Nerv nicht.«

Es ist wie verhext. Kein magischer Spruch, keine befreiende Diagnose hilft mir dagegen. Sogar auf Alzheimer habe ich mich testen lassen. Warum sonst ist mir das eigene Badezimmer immer wieder fremd? Immerhin erkenne ich mich auf den Fotos an der Wand und kann dadurch sicher sein, dass ich hier zuhause bin. Und wenn pünktlich zur Mitternacht meine Nachbarin mit Amerika telefoniert, kann ich einschlafen. Mein Selbstbewusstsein wird dauernd angekratzt. Aber es ist kein Kiesel, der zu Sand wird. Es ist ein Diamant. Es bekommt Schliff.

»Du hast reden gut, Bea. Kannst du mir verraten, wie ich das machen soll, aufgeben, ohne zu resignieren?«
»Ich kann dir ja mal meine Frau Multi-Doktor mitbringen. Die hat es drauf. Ich komme zu ihr und robbe auf dem Zahnfleisch, und was sagt sie? Herzlichen Glückwunsch, keine Parodontose. Damit können wir arbeiten.«

Frau Räber klebt mir Elektroden auf die Kopfhaut und startet die Naturdokumentation. Tatsächlich, der Film stockt nicht mehr so häufig wie vor Jahren, als ich mit den Übungen begann. Ein Geschenk der Wellensittiche? Die flattern durch die Wohnung und mit der Zeit konnten meine Augen ihren Flügen folgen, ohne sich unterwegs zu verirren. Es wurde besser. Allmählich, mit Schritten, die so winzig waren, dass ich die erst in der Rückschau als Vorwärtsbewegung erkennen konnte.

»Ja, aber, aber«, sagte Ijana und gähnte, »mein Glas ist immer halb voll. Leere Gläser kenne ich nicht.«
»Bedeutet ein volles Glas, das es dir tatsächlich besser geht? Bist du dann weniger müde?«
»Du bist gemein.« Sie gähnte noch immer. »Je müder ich bin, desto eher ich schlafe ein. Und dann träume ich. Von dir.«
Beate zwinkerte ihr zu. »Bin ich eines der Schäfchen, die du zählst? Oder bin ich doch das Teufelchen, das dir die Decke wegzieht?«
Beate pikste ihr mit dem Zeigefinger in die Taille. Ijana zuckte zusammen. »Du Teufelinella!«

»Ich bin noch schlimmer.« Beate grinste diabolisch. »Ich bin der Alptraum aller Nächte. Ich bin es. Ich bin der Wecker. Drinnngggg.«
»Dir es geht wirklich nicht gut.« Ijana wurde ernst. »Du hast sie doch nicht mehr alle im Schrank, die Gläser.«
Beate nickte. »Scherben bringen Glück.« Fröhlich suchte ihr Zeigefinger wieder Ijanas Taille, dazu grinste sie frech. »Ich habe nie im Leben so viel über mich selbst gelacht wie seit dem Krebs.«
»Weißt du, Bea, nicht nur einmal bin ich in die Eisdiele mit dem Spaghettieis gleich um die Ecke von mir gegangen.«
Beates Zeigefinger sah sich plötzlich von einer festen Hand gepackt.
»Dass du eigentlich Eis essen wolltest, fiel dir ein, als du die Gabel mit Spaghetti umwickelt hattest.«
Ijana versuchte erfolglos, ihr Lachen zu unterdrükken. »Hätte ich da etwa heulen sollen?«, japste sie endlich. »Spaghetti sind manchmal einfach nur Spaghetti. Pasta? Basta.«
»Solange du Spaghetti nicht mit einem Strick verwechselst.«
»Strick? Aufhängen, mich umbringen?« Ijana biss sich auf die Lippen. »Sogar Wittgenstein, der furchtbar unter seinen Depressionen litt, sagte, er habe die Lust am eigenen Tod verloren, als er an Krebs im Sterben lag.« Sie kramte die Zigaretten hervor. Zwei, drei Male klickte das Feuerzeug. Endlich brannte die Flamme.

Wie oft schon habe ich mich gefragt, wie Menschen in absolut hoffnungslosen Umständen ihr Dasein fristen können, dachte Beate. Wäre ich in so einer Situation, würde ich mich ins nächste Hochhaus schleichen und mich vom Dachgarten im 23. Stock stürzen. Nach einem guten Essen mit einer feinen Flasche Wein. Dann noch ein Grappa zur Verdauung. Gleich danach. So würde ich es machen. Davon war ich damals felsenfest überzeugt. Heute weiß ich es besser. Wenn draußen der Tod anklopft, geht innen ein Licht an. Tief unten im Bauch. Diesem Lebensflämmchen das Licht ausblasen zu wollen? Das gelingt niemandem.

»Bankrotterklärungen liegen mir nicht. Leben mit dem Rechenschieber in der Hand, das ist nicht mein Ding. Deines etwa?«
Beate schaute Ijana in die Augen. Die zog an ihrer Zigarette. Früher, im Herbst, erwischte diese Melancholie sie immer. Was wäre wenn, wie oft hatte sie das gedacht und war davor zurückgeschreckt weiterzudenken. Selbstmord war die größte aller möglichen Sünden, die einzige, die niemals vergeben wurde. Zur Vergebung gehört Reue, hatte sie gelernt. Und wenn Reue, die auf die Sünde folgt, nicht mehr möglich ist, weil die Sünde darin besteht, sich selbst das Leben geraubt zu haben? Wann habe ich eigentlich das letzte Mal darüber nachgedacht, fragte sich Ijana. Sie rechnete nach. Vor zwei Jahren. Mehr. Vor fast drei Jahren.

»Der Wunsch, wieder zu sein wie früher. Dieselbe zu sein«, sagte Beate und suchte nach geeigneten Wor-

ten. »Loslassen. Das ist vielleicht richtiger.« Wieder stockte sie. »Das alte Ego festhalten zu wollen, ist dumm. Selbst wenn der Krebs mich nicht gebissen hätte, wäre ich denn dann noch die Frau von vor fünf Jahren?« Sie leerte ihr Glas. »Der Krebs ist ein Tritt, der aus der Bahn wirft. Das ist alles.«
Ijana drückte die Zigarette aus. »Wenn ich mich an ihn klammere, wird er dann Schicksal? Bene. Aber er ist ein Arschloch.«
»Ich denke, es gibt einen sicheren Weg durchs Leben, sowohl für Erkrankte als auch für Gesunde. Wir atmen ein. Wir atmen aus. Pause.« Beate nahm Ijanas Gesicht zwischen ihre Hände. »Und jetzt gemeinsam. Wir atmen ein. Wir atmen aus. Pause.«
»Verstanden«, murmelte Ijana. »Capisce. Ich werde aufbauen, langsam, passo doppo passo, Schritt für Schritt. Therapie zu Hause. Pause. Pool. Cool. Ställe. Auf alle Fälle. Und Clownerie. Schadet nie. Aber alles mit Pausen. Zum Atmen. Zum Essen. Zum Pinkeln. Entschuldige mich eine Moment, ja?«
»Bring doch auf dem Rückweg noch etwas zum Essen mit, ja?«
Ijana nahm ihre Handtasche von der Lehne und verschwand hinter der Cafétür.

Sich gesund atmen? Ich habe gut reden. Weiß ich, was gesund ist und was krank? Wo befindet sich die Grenze? Ich kann arbeiten, ich schreibe. Also bin ich gesund. Aber was schreibe ich? Schwule Pornos. Kann ich davon leben? Sind sie tatsächlich das, womit ich mich beschäftige? Was auch immer, solange

ich selbstbestimmt etwas erledigen kann, ohne Zeitdruck, mit Ausruhen zwischendurch, bin ich leistungsfähig. Auf Knopfdruck kann ich nicht mehr liefern, schon gar nicht fehlerfrei.
Aber dann, eines Tages, hat mein Telefon geklingelt. Ueli Pfister. Ich erinnerte mich. Der Geschäftsmann, der mich mit anderen krebserkrankten Menschen ins Musical eingeladen hatte. »Wenn ich irgendwann einmal etwas für Sie tun kann«, hatte ich ihm beim anschließenden Champagner vor dem Tannenbaum im Foyer angeboten. Nun suchte er eine Weihnachtsüberraschung für seine Geschäftspartner. Ich schlug ihm einen Kalender vor. Das Sujet? Vielleicht die Wasserfälle der Schweiz, sagte ich. Und die Bilder? Ich kannte eine Fotografin. Der Druck? Ich sorgte für Kostenvoranschläge. Der Clou? Ich erfand einen Wettbewerb mit Teilnahmemöglichkeit auf jedem Kalenderblatt. Die Texte? Kein Problem, ich war doch Autorin. Und bitte, das Ganze auch für die welschen Kantone! Ich organisierte die Übersetzerin.
Welche Fragen Ueli Pfister auch einfielen, ich wusste die Antwort. Da war sie wieder! Beate Berthold. Die hatte die Ideen, entwarf das Konzept und besorgte die Recherche. Eve reimte und brachte die Rätsel auf den Punkt. Korrekturlesen übernahm sie auch. Eine Sorge weniger. Endlich konnte ich etwas zurückgeben für das unvergessliche Weihnachtserlebnis, und ich bekam sogar Geld dafür. Der Kalender wurde so gut aufgenommen, dass Ueli Pfister sich schon bald wieder meldete. Er fragte nach kreativen Lösungen zu Neujahr, Valentin, Fasnacht, Ostern, Pfingsten,

Weihnachten. Mit jedem Auftrag lernte ich Schritt für Schritt einzusehen, dass es überhaupt nicht nötig ist, alles selbst zu können. Mein Geist blieb ein Schweizer Käse, bei dem viel zu viel durch die Löcher fiel, aber meine Textküche setzte auf ein geheimes Gewürz. Eve. Sie war für jeden Slogan gut, es überraschte sie selbst. Wenn ich die Vorarbeit leistete, konnte Eve jegliche Thematik flott vertexten. Wann immer es jeder von uns gelang, die Stärke der anderen bedingungslos zu akzeptieren, waren unsere Ergebnisse sehr gut. Ich bin fast vor Stolz geplatzt und freute mich darauf, dem Staat bald nicht mehr auf der Tasche zu liegen.

Der Glaube in seiner hoffnungsfrohen Erwartung entpuppte sich als falsch. Ob Pfister-Projekte, Prospekte verteilen oder das Päckchenpacken vor Feiertagen im Warenhaus, das P blieb kaum mehr als ein Spurenelement zur Nahrungsergänzung. Selbst noch im vierten Jahr. Was ich leistete, wurde schlecht oder gar nicht bezahlt. Nur weil ich mehr Pausen brauchte, galt ich für die Gesellschaft als krank. Was für eine Ressourcenverschwendung! Ich war doch nicht die Einzige, die einen Acht-Stunden-Job nicht mehr durchhielt. Aber nur wer gesund ist, passt in den Arbeitsmarkt. Denn nur Gesunde können von außen bestimmt werden. Pünktlich an Neujahr schütteln sie ihren Kater ab und springen dann wieder ins Hamsterrad. Jahrein, Jahraus.

Was für ein Jahr haben wir eigentlich? Ich glaube, ein gerades. Stimmt, die nächste Berechtigung zur Weiterführung der Rente kommt erst nächstes Jahr.

Dann bekomme ich wieder mitgeteilt, dass ich mir in Erinnerung zu bringen habe, warum ich nicht für mich selber sorgen kann. Dass ich mich zu rechtfertigen habe für das, was mich an einer festen Anstellung hindert, und aufzählen muss, was ich benötige, um in der Arbeitswelt wieder Fuß fassen zu können. Gäbe es doch nur das bedingungslose Grundeinkommen! Dann bliebe ich verschont davon, mich immer wieder der ungesunden Wahrheit zu stellen, und bekäme nicht ständig meine Leistungsunfähigkeit vorgehalten. Stattdessen könnten sich mein Leistungswillen und mein Selbstbewusstsein entfalten. So aber bin ich von Amts wegen behindert und werde turnusmäßig und gnadenlos immer wieder an die Schwere meiner Behinderung erinnert. Das schlägt mir auf die Seele. Dabei ist die intakt, nur die Nervenfasern sind nicht ordentlich verknüpft. Meine kognitiven Zellen taugen nicht mehr für diese Welt, in der nur Geistesleistung zählt. Ich genüge nicht. Das kriege ich alle zwei Jahre schwarz auf weiß fristgerecht und in schönstem Amtsdeutsch mitgeteilt.

Beate spürte einen warmen Lufthauch. Weiche Lippen drückten sich auf ihren Nacken. Sie zuckte zusammen.
»Ich werde lieb zu mir sein«, hauchte Ijana.
Wenn das nur immer so einfach wäre, dachte Beate. Zu wissen, zu denken und dann dementsprechend zu handeln, ist und bleibt harte Arbeit. Und die ist nicht immer lieb. Sie massierte sich die Handflächen.
»Sind sie dir eingeschlafen?« Ijana griff über den Tisch. Einen nach dem anderen zog sie Beates Finger lang.

»Hm, fühlt sich gut an.«
Kräftig. Und gleichzeitig einfühlsam, so muss eine Massage sein, dachte Beate. Ijana ist gut in ihrem Job. Und ich? Sie will doch nur ein Buch, ein einziges. Einen klitzekleinen Roman über die Zeit danach.
Zwischen ihren Beinen wurde es warm. Ijana massierte die Daumenballen. Nerven auf Abwegen. Beate kicherte. Einmal mehr. Einen Roman würde ich jedenfalls nicht schaffen, überlegte sie. Das Thema ist mir einfach zu nah.
Ist nicht alles Schreiben letzten Endes autobiografisch? Auch wenn es das ist, liegt es dennoch bei mir, wie viel ich von mir preisgebe. Lust hätte ich durchaus, wieder einmal in eine lange Geschichte zu tauchen. Täglich in Buchstaben versinken, in Wörtern schwimmen und so lange die Sätze aufschlagen, bis die Protagonistin dem Schaum entsteigt und eine Szene auf dem Monitor erscheint.
»Geht es wieder? Noch Schmerzen?« Ijana war am kleinen Finger angekommen und strich schließlich die Hand aus.
»Du hast Zauberfinger.« Beate schaute ihr in die Augen.
»Findest du?«
»Sie rennen dir die Tür ein, nicht wahr?«
»Übertreib nicht.« Ijana wischte das Kompliment vom Tisch. »Ach, ich bin eine Hochstaplerin in der Massage.«
Ihre Hände schlafen zu oft ein. Dabei sind die das Tor zur Welt. Das wichtigste Organ, um Leben zu begreifen. Eben, begreifen.

»Ach was. Du siehst bestimmt süß aus, wenn du in deinem Praxiskittel vor dem Massagetisch stehst. Du heißer Feger, du!«
»Feger? Physiotherapie ist mein Beruf, nicht putzen.«
»Ach, lass doch. Talente gehen nicht verloren. Nina Hagens Stimme ist nach den Wechseljahren tiefer geworden. Na und? Wer will denn bis ans Lebensende piepsen, hat sie gefragt. Schluss mit Punk, dann eben Gospel. Ging auf eigene Rechnung ins Studio, weil ihr so was niemand zugetraut hat.«
»Nina Hagen. Die bleibt sich treu. Und sie beißt sich durch.«
»Du kaust mit den Zähnen. Oder auch ohne. Es ist einfach eine andere Technik. Mehr ist nicht dahinter. Mahlzeit!«
Wie aufs Stichwort stand die Kellnerin wieder mit ihrem Tablett vor dem Tisch.
»Ah, Piccolini. Prima Idee, Ijana.« Beate griff zu. »Mille grazie, signora.« Kühn biss sie in die Minipizza. »Verflixt, das ist heiß.«
»Ich will mich wieder haben. Meine Hände.« Ijana schluchzte leise. Sie nestelte ein Taschentuch hervor und schnäuzte sich. Dann ließ sie ihre Finger über den Rand ihres Glases gleiten, bis ein hoher Ton erklang. Beate bekam eine Gänsehaut. Lass sie, ermahnte sie sich, sie ruht sich aus. Lass sie schlafen, gleich hier, mit offenen Augen.
Miteinander schweigen ertrage ich erst seit der Krebszeit. Irgendetwas gab es für mich immer zu sagen. Nun lehne ich mich an eine Wand des Schweigens und lausche dem Atmen der Zeit.

Wohlig räkelte sich Ijana, gähnte. »In Berlin es gab keine Siesta. Was war ich froh, als Robi mich zurück nach Italien gerufen hat.« Sie zog den Teller mit den Piccolini näher zu sich. »Hm, Broccoli. Du gehörst mir, meine kleine Super-Pizzilettina!«

»Willst du wissen, was die Wissenschaft sagt?« Beate zog eine wichtigtuerische Miene. »Kannst weiter essen, brauchst nur zu nicken.«

Ijana verschluckte sich fast vor Lachen.

»Keine Bange, es geht nicht um Scampi und Co auf Pizza oder irgendein anderes Krustentier.«

Ijana hielt sich die Serviette vor den Mund.

»Es war einmal. Ach so, Robi ist ja gar nicht mehr da.«

»Ich will auch Märchen«, bettelte Ijana. »Märchen, hörst du? Märchen, keine Wissenschaft.«

»Da musst du jetzt aber durch.« Beate zählte die Minipizzen. Fünf. Gut. Soll sie weiter essen. Solange sie eine für mich übriglässt.

»Also gut. Auf vielfachen Wunsch einer einzelnen Dame. Es war einmal. Es war einmal eine Professorin, die machte Ferien. In der Stadt. Wachte sie morgens auf, hörte sie die Vögel quietschen wie eine Tram, die um die Ecke biegt. Das ließ ihr keine Ruhe. Frau Professor stellte einen Forschungsantrag. Der wurde genehmigt und so begann sie, Stare und Amseln zu untersuchen. Sie verglich die Vögel der Stadt mit deren Verwandten auf dem Land. Das Ergebnis war eindeutig. Großstadtvögel singen früher und lauter. Und sie imitieren Geräusche. Sogar Wecker! Wecker, die Terroristen der frühen Morgenstunden. In einer Fernsehdokumentation wurde ein solcher

Stadtvogel in Großaufnahme gezeigt. Ich wollte es nicht glauben, aber der Fernsehbeweis war eindeutig. Ausgerechnet dieses schrille Klingeln machen diese Bestien zu ihrem Balzruf. Das ist kein Märchen.«

»Das ist Instinkt.« Ijana biss in die nächste Minipizza.

»Instinkt? Das Gehirn eines Vogels entspricht dem eines dreijährigen Menschen. Somit kannst du den zum Vorbild nehmen.«

»Ein Dreikäsehoch zum Vorbild? Bei dir piept's wohl?«

»Wer wie ein Wecker singen kann, passt sich an. Und wer sich anpassen kann, bleibt Siegerin auf dem Schlachtfeld von Schnupfen bis Schlaganfall, von Grippe bis Gonorrhöe, von Karies bis Krebs.« Beate schnitt die letzte Minipizza in zwei Teile.

»Pieppieppiep. Lass mich dein Vogel sein«, neckte Ijana und zog den Teller noch näher zu sich heran.

»Nur wenn sie mein Essen stehlen, diese gefiederten Raubdinos, dann haben wir Streit.« Beate gab ihr einen Klaps auf die Finger, die heimlich auch die zweite Hälfte stibitzen wollten. »Ach ja, die Tapete haben sie auch in Ruhe zu lassen. Und mit ihren wilden Kollegen draußen, da könnten meine Tschilpbürger etwas leiser plaudern. Sonst werde ich noch schwerhörig mit der Zeit.«

Zwei Bissen, drei Mal Schlucken und die Minipizza war Geschichte.

»Aber sie bringen dich zum Lachen. Deine Fältchen um die Augen sind bereits vogelförmig.«

»Wenn ich zu Hause duschen will, sitzen meine beiden Luftpiraten einträchtig nebeneinander auf der

Stange und staunen.« Beate schüttelte den Kopf. »Wie so ein armer Tropf nur ständig in der Mauser sein kann, denken sie. So ein großer Vogel, und hat gar keine Federn.«
»Ja, sie sind wunderbare Mitbewohnerinnen.« Ijana kannte die beiden. Die Wellensittiche waren so gut mit ihr vertraut, dass sie ihr zur Begrüßung auf die Schultern flogen. »Und sie lieben dich. Wie ich. Hätten wir uns bloß früher …«
»Ach, Ijana. Was hätten wir denn, wenn wir hätten?«

Beim letzten Mal, als mich Ijana in Zürich besucht hatte, waren wir nahe daran gewesen. Wir saßen bei Jasmintee und leiser Musik auf dem Bett. Der warme Schokoladenkuchen öffnete uns sein dunkles, heißes Herz. Es hatte wenig gefehlt, ein bisschen mehr Zuckerstreusel, noch ein Spritzer Sprühsahne, ein Hauch von Was denn nur, dann hätten wir. Stattdessen sind wir eingeschlafen, von unserer nicht ausgelebten Lust aufeinander ausgeglüht.

»Haben wir uns begehrt, weil wir uns wollten?« Beate spielte an ihrem Blusenknopf. »Oder um überhaupt einmal wieder zu begehren?«
»Frag mich nicht. Meine Emotionen machen mich fertig. Ob ich müde bin, ob ich erschöpft bin.« Ijana rupfte eine Serviette vom Stapel. »Wenn ich wütend bin, rase ich. Und wenn ich begehre, verglühe ich noch vor dem ersten Kuss.«
Beate küsste Ijana auf die Wange. »Siehst du? Geht doch. Ist ganz leicht. Soll ich noch mal?«

»Mia carina, du bist blöd.« Ijana warf die zerknüllte Serviette und verfehlte Beate um ein paar Zentimeter. »Dornröschen, gib nicht auf. Die Prinzessin der Mitte wird dich finden.«
»Die Prinzessin der Mitte? Mag sie die auch nicht, die Achterbahnen mit Loopings?«
»Sie reitet auf dem Schwanz eines wilden Drachen. Heh, hüh, hott, und los geht es, dreimal um die ganze Welt.« Beate breitete die Arme aus, als wollte sie gleich lossegeln. »Und wenn der Drache zuckt, setzt sie ihre Fersen zwischen zwei Schuppen. Der Schweif peitscht den Wind und schon ist oben unten und unten oben. Und die Prinzessin der Mitte, sie lacht.«
»Ich will den Drachen reiten. Den Wind spüren. Und dabei lachen.«

Eine Liebesbeziehung mit Ijana? Wären wir noch ein Paar, über das Jahr des Drachen hinaus? Beate grübelte. Statistisch gesehen währt eine Liebe mit Glück vierzehn Jahre. Obwohl wir Krebsschwestern wissen, dass wir nichts auf die lange Bank schieben sollten, würden wir wie andere Paare alle möglichen denkbaren wunderbaren Aktivitäten hinauszögern. Ijana ist nicht Eve. Die hat mich bei der Hand genommen und in den ersten der vielen Walzer ihrer Nacht geführt. Ach ja. Eve. Ich brauche die Augen nicht erst zu schließen, um sie vor mir zu sehen, gertenschlank und üppig zugleich. Ein paar Zentimeter größer als ich, und mit einer Haltung, die ich nur königlich nennen kann. Jede ihrer anmutigen Bewegungen ist ein Märchen für sich. Eve.

Ijana zog eine Augenbraue hoch. Wie kommt es, dass Beate mit ihren über fünfzig Jahren und nach dem Krebs wie ihre eigene jüngere Schwester aussieht? Ist es der reine Eigennutz, der sie im Leben hält? So lange Drachen ihren Schatz hüten, leben sie ewig, dachte Ijana. Was ist Beas Geheimnis? Doch auch wenn sie es mir verrät, es wird mir nichts nützen. Ich selbst bin es, die mir im Weg steht.

»Du bist so schön.«

»Ich bin auch verliebt in dich, Ijana.«

»Wir sind Schwestern. Sorelle di canceri, auf immer.«

»Du weißt, dass Robi eifersüchtig auf mich ist?«

»Was wir haben, ist so tief. Da braucht es keinen Sex. Kein miteinander leben. Schwestern sind wir. Der Krebs verbindet uns enger als ein Ring oder ein Schwur.«

Eine alte Frau mit schwarzem Kopftuch kam auf ihrem Rückweg von der Kirche am Café vorbei. Beate sah ihre geschwollenen Beine.

Da muss doch jeder Schritt schwerfallen. Alt werden ist nichts für Feiglinge. Wie alt mag sie sein? Weit über sechzig. Siebzig, mindestens.

Vor vier- oder fünfhundert Jahren wurde kaum jemand älter als Ijana. Oder ich. Eine Frau von über vierzig Lenzen? Das war eine, die mit den dunklen Mächten in Verbindung stand. So haben sie damals gedacht, auch die Frauen. Eine Alte, das war eine Zauberin, eine Hexe. Eine, die dem Bösen eine Heimat gibt, statt im Kindbett zu sterben. Die darf nicht leben, die darf ihre Macht nicht gegen das Dorf wenden. Die gehört erschlagen wie ein toller Hund. Und dann kriegt sie einen Stein in ihren bösen Mund, dass sie nicht aus dem Grab noch die Braven verflucht. Die wird verscharrt, damit sie nicht in Winternächten aufsteht und als Widergängerin durch die Gassen streift.

Beate schüttelte sich. »Wie hat Guli eigentlich reagiert, als du krank geworden bist?« Robis Mutter wünscht sich Enkel, war sie überzeugt. Enkelkinder machen glücklich, sogar noch glücklicher als die erste Liebe, der erste Schatz.
»Hm, ja, wie? Ich glaube, sie reagiert immer noch.«
Beate runzelte die Stirn. »Wie meinst du das?«
Ijana ließ ihre Fingernägel gegen das Proseccoglas tanzen. »Guli, sie hat nie etwas gesagt, aber ich weiß, sie hat gehofft. Dass ich ihr die Enkel schenke.«
»Enkel sind Enkel. Ob nun von der eigenen Tochter oder der Schwiegertochter.«
»Sie hat gewartet, Sommer um Sommer. Aber dann kam die Diagnose. Und Guli schnappte nach Luft. Das Leben hält sich nicht an meine Vorstellungen, sagte sie. Der Krebs hat auch mich verkrebst.«

Seit der Diagnose lud Guli ausschließlich Künstlerinnen ein. Mütter. Solche, die ihre Kinder mitbrachten. Guli lehrte sie, zwischen Unkraut und wild wachsenden Heilpflanzen zu unterscheiden. Wer sich beim Rollschuhlaufen im Hof oder beim Klettern in den Obstbäumen blaue Flecken geholt hatte, lernte auch gleich, wie nützlich Arnika war. Guli besorgte Arbeitsgeräte für Kinderhände. Die kleinen Gäste halfen ihr gern. Allmählich verwandelte sich der Garten. Zu

dem chaotischen Blumenmeer mit seinen hinterhältig kratzenden Brombeerranken wuchs eine Anlage, in der jede Heilpflanze ihr eigenes Revier hatte, geschützt von sorgfältig gesetzten Buchsbaumhecken. Guli brachte es nicht mehr fertig, an abgerissenen Setzlingen oder einem halb vertrockneten Blumenstock vorbeizugehen. Wo immer sie ausgemistete Pflanzen entdeckte, griff sie zu und gab ihnen eine neue Chance. Heilung und Ordnung, Guli flüchtete sich da hinein, je blasser Ijana wurde.
Robi konnte nur noch den Kopf schütteln. Ihre grauhaarige Mutter, die den Garten in ein barockes Paradies verwandelte, nebenher für alle kochte, Betten machte, wusch, bügelte, flickte, Marmeladen und Gelees bereitete, Irisknollen trocknete, köstliche Kuchen buk und neben all dem noch Zeit fand, die Abdrücke der kleinen Gummistiefel von der Eingangstreppe zu wischen; Robi hätte sie am Lehnstuhl festbinden können. Es blieb ihr ein Rätsel, wie Guli das alles schaffte. Und Ijana saß jeden Tag stundenlang bei ihr in der Küche und ließ sich mit Minestrone aufpäppeln. Als wäre das alles noch nicht genug, organisierte Guli zum Sommerausklang Feste mit Gartentheater, bei denen Künstlerinnen neue Arbeiten ausstellten, während hinter dem Boskett verborgen Musikerinnen ihre Geigen und Flöten stimmten.

»Der Krebs ist wahrlich eine Systemerkrankung.« Beate kratzte sich das Schienbein. »Und wie ein Computervirus setzt er sich im gesamten Netzwerk fest. Er täuscht alle. Sein Image trügt. Er ist nicht das,

was über ihn geglaubt wird.«
»Guli würde so gern für uns kochen«, sagte Ijana. »Aber Robi wehrt sich. Ihre Mutter ist zu alt dafür, sagt sie. Sie ist nicht die Titanic, sagt sie, so sicher gebaut und so stark, dass sie nur ein einziges Rettungsboot braucht, falls jemand über Bord fällt. Selbst das sicherste Schiff der Welt ist untergegangen. Ein einziger Eisberg hat gereicht.«
»Hat Guli gar keine Hilfe?«
»Gut, ich habe ja ein bisschen gemacht. Robi hat gesagt, wer im Garten arbeitet, schaut in die Zukunft.«
Beate schnipste mit den Fingern. »Mario. So heißt doch dein neuer Gärtner. Der könnte auch Guli zur Hand gehen, nicht wahr?«
»Naturalmente kommt jemand für die Hecken. Er streichelt ihnen den Kopf, klopft ihnen auf den Busch und schimpft, wenn sie wieder wild gewachsen sind. Er frisiert den Buchsbaum in Fasson. Es geht ums Prinzip. Robi hat beschlossen, ihre Mutter sei alt. Und krank, das hat sie auch beschlossen. Je schneller wir das einsehen, desto ruhiger sie geht zu ihrem wilden Wein.«
»Und Guli? Was hat sie beschlossen? Immerhin muss Robi ihr Gezeter ja von jemandem haben.«
»Ihr Schweizer seid doch sonst immer neutral.« Ijana fuhr sich durchs Haar. »Aber du hast recht. Guli hat mir einen Fünf-Punkte-Plan verpasst. Der gilt immer noch.«
Sie kann es sich nicht leisten, es sich mit Robis Mutter zu verscherzen, dachte Beate. »Na, wenigstens besser als zehn Gebote. Die habe ich mir schon frü-

her nicht alle merken können. Also, lass hören. Was ist ihr Patentrezept?« Sie unterdrückte ein Gähnen. »Klatschmohn, Iris, Arnika, schon ist die Gesundung nah? Oder was?«
»Das Übliche, Bea. Gesund essen. Bunt ist Trumpf.«
»Jede Farbe ein Vitamin. So lebt sie gesund, die Regenbogenfamilie. Und was ist mit Soulfood? Manchmal sind Pommes ein Überlebensmittel. Mit extra viel Majo.«
»Du verstehst das, ich habe es gewusst. Döner macht schöner. Aber wie erklärst du das Guli?«
»Lass mich raten. Punkt zwei ist dann garantiert, wer raucht, wird erschossen?«
»Sie sagt es eleganter. Keine zusätzlichen Gifte. Da hat sie ja recht. Mit der Diagnose habe ich angefangen zu rauchen.«
»Seelenfutter, meine Liebe. Hast du noch eine?«
Wortlos schnipste Ijana zwei Zigaretten aus der Packung.
Meine Güte, dachte Beate. Wer so dreinschauen kann, braucht kein Feuerzeug. Wenn sie rauchen will, muss sie nur ihren Glimmstängel so anschauen, dann glüht der von allein. Sie nahm einen tiefen Zug. »Mach dir keinen Vorwurf«, sagte sie. »Du versuchst, dich selbst zu heilen. Nikotin beruhigt. Das weiß dein Körper. Was er vergessen hat, ist, wie er sich sonst noch beruhigen kann.«
Zwei halb gerauchte Zigaretten landeten im Aschenbecher.
»Also gut. Welche drei anderen Hämmer hat Guli noch für dich hingehängt?«

»Ich sage doch, das Übliche. Der dritte Punkt ist Bewegung. Run for your life.«
»Was für ein Spaß.« Beate gähnte theatralisch. »Du kannst kaum kriechen in der Therapie und sollst schon laufen. Tue ich ja auch. Die Spaziergängerin von der Allmend, sie lebe hoch.«
»Sei positiv.«
»Ah ja. Nummer vier, nehme ich an?«
Ijana nickte.
»Dann weiß ich, was das Finale ist. Prinzip Dornröschen. Immer für genügend Schlaf sorgen. Richtig?«
Ijana applaudierte.
Beate verneigte sich. »Ein Superplan, wirklich. Als ob Fatigue damit in den Griff zu bekommen wäre, dass du möglichst viel schläfst. Wenn du erschöpft bist, kannst du schlafen, kannst aufbleiben, alles machen, du bleibst erschöpft. Es gibt aber Dinge, die getan werden müssen, egal, wie kaputt du bist. Und was lernst du daraus? Nichts. Du lernst nichts, aber du verlernst etwas. Du bist es derart gewöhnt, über deine Kräfte hinaus zu gehen, dass du verlernst, wie dein Schlaf als Erholung funktioniert. Nein, nicht wie. Dass.«
»Kein Wunder, dass deine Frau Doktor Matter dir keine Ratschläge gibt. Was könnte sie dir denn noch sagen?«
Nachdenklich betrachtete Beate ihre Fingernägel.
»Paar Kilos zu viel auf den Rippen hat sie. Kantine, schlechtes, hastiges Essen, ich denke, ein Gläschen in Ehren kommt auch mal vor. Zu wenig Bewegung. Trotz ihrer drei kleinen Kinder. Chefärztin in Teilzeit. Bereitschaftsdienst. Zu wenig Schlaf. Ein stressiger

Beruf. Als Juniorpartnerin im Lebensgeschäft von Krankheit und Tod wird sie nicht immer positiv sein können. Kurz und gut, sie ist auch nur ein Mensch.«

Krebs hält sich nicht an die Erwartungen, die Gesunde an Gesundheit haben. Keine Krankheit tut das. Wer krank wird, muss seine Vorstellungen von Gesundheit beiseite schieben. Als Erstes lernen wir, uns in eine andere Welt zu denken. Hat sie mir darum nichts gesagt, meine Frau Doktor Matter? Sie hat nur einmal erwähnt, Gesunde denken gesund. Könnte es daran liegen? Der Zugang zu der Welt aus Ohnmacht und Hilflosigkeit, Schmerz und Leid, Therapie und Pillen ist den Gesunden verborgen. Was ihnen offen bleibt, ist der Rat. Gut gemeinte Ratschläge. An die hält sich niemand. Ernährungsumstellung? Die abwechslungsreiche, biologische, sozial verträgliche Fair-Trade-Kost ist durch und durch fade. Stattdessen wird die Ananas-Diät immer wieder Trend. Wer raucht und trinkt, ist ein gern gesehener Partygast. Mineralwasser? Den ganzen Abend? Da stimmt doch was nicht. Möhren sind nicht cool. Powerrüben wären der Renner. Gesund sein will schließlich jeder. Aber niemand will das dafür Nötige tun. Gesund Leben ist zu langweilig. Es hat ein Imageproblem. Spätestens seit Lobbyisten und Gesundheitsapostel nicht mehr als den erhobenen Zeigefinger zu bieten haben.
»Und du, Bea? Hat dir auch jemand einen Fünf-Punkte-Plan aufgedrückt?«
»Klar. Der ist ganz einfach.« Beate zog den Kopf ein. »Alles, was ich heute gegessen oder getrunken

habe, ist verboten. Rauchen sowieso. Kaffee. Alkohol. Weißbrot. Olivenöl, von dem ich nicht weiß, wo es herkommt. Industriekäse. Chips. Fertigprodukte. Fast-Food sowieso. Das war's dann wohl zum Thema Mini-Aufback-Pizza. Aber lecker war sie. Verdammt lecker.«

»Aber warum isst du das dann, wenn es dir nicht gut tut und du das sogar weißt? Warum?«

»Weil meine Seele darauf Appetit hat. Sie kennt keinen Unterschied zwischen gesund und krank. Seelen-Food tut selten gut. Ihr ist es egal, ob die Zigarette die Lunge teert, Grappa die Leber verlötet oder der Burger die Arterien verstopft. Hauptsache, sie wird befriedigt.«

»Wer die Seele ehrt, ist die Gesundheit wert. Die psicologia sagt das, die Psychologie …«

»Also, ich kann meiner Seele nicht mehr alles glauben«, begann Beate. »Sie lügt gelegentlich. Sie betrügt mich. Zum Beispiel mit Schokolade.«

»So ein Unsinn! Wie kommst du denn darauf?«

»Nun ja. Damit ich täglich meine fünf Portionen Gemüse und Obst zu mir nehmen kann, muss ich am Morgen damit anfangen. Und dann noch ein Gipfeli? Oder Toast? Puh, das konnte ich einfach nicht. Ich wollte nicht schon vor dem Mittagessen platzen.«

»Kein Brot? Da verhungerst du ja!«

»Eben nicht. Ich bin so satt wie nie in meinem Leben. Habe abgenommen und halte mein Gewicht. Wer mich nerven will, kann das gerne versuchen. Aber ohne mich. Zerknittert aussehen vor lauter Stress ums abwechslungsreiche Essen, dazu hab ich keine

Lust. Das Mittagessen bleibt, aber ich mag es jetzt anders. Grüner. Bunter. Lustvoller. Das gefällt sogar meiner Seele. Fast-Food ist für sie zum Fadfood geworden. Süßigkeiten, Softdrinks, Sahneschnittchen? Chips, Pommes und Co? Alles out.«

»Und was wir haben hier den ganzen Vormittag gemacht? Wir haben genossen. Du hast mir sogar die letzte Pizza weggenommen.«

»Die Seele liebt Gemütlichkeit. Dafür tut sie alles. Und noch viel mehr. Denk an Weihnachten. Gute Miene zum üblen Kalorienspiel. Das arme Seelchen verkleidet sich nun einmal gern als Wolf im Schafspelz.« Beate trommelte mit den Fingern auf dem Tisch.

»Die Zitronen aus Gulis Garten sind süß«, sagte Ijana. »Ab heute ich werde jeden Tag ein Glas Saft davon trinken.«

Das eben waren unsere letzten Zigaretten. Schon wieder Nichtraucherin. So wird das nichts mit dem gepflegten Verstoßen gegen die Fünf-Punkte-Regel. Was für ein langweilig gesunder Urlaub wird das denn? Pfui Teufelchen. Du gönnst mir nicht das Schwarze unterm Seelenrand. Nicht einmal im fünften Jahr nach Krebs. Auch wenn es das Freudenjahr der Heilung ist. Ist es das? Wirklich? Oder sollte es das sein?

Irgendetwas stach Beate in der Nase. Ein unangenehmer Geruch, wo kam der auf einmal her? Sie sah sich um.

»Der Markt hat Feierabend«, sagte Ijana. »Wenn Giorgio losfährt, sind alle fort.« Sie deutete auf den stau-

bigen, mit übereinander gestapelten Hühnerkäfigen beladenen Pick-Up, der auf der Straße hielt.
»Alle leer. So viele Hühner werden hier gegessen?« Sie hielt sich die Hand vor den Mund. Mensch, Bea, ermahnte sie sich. Erinnere dich, du wolltest schon Gulis Haustierkarpfen essen. Vielleicht halten sie sich hier ja auch Hennen als Schoßtiere. Denk endlich mal vegetarisch, du alte Fleischpflanze.
»Was der liefert, landet in der Küche. Giorgio bringt Fleisch. Der hat keine Brahmahühner. Er verkauft keine Haustiere.«
Krachend warf der Fahrer seine Tür zu und ging zu La Gatta d'Agata.
»Giorgio! Prego, la macchina!«, rief Ijana. Der Mann warf die Hände in die Luft und marschierte dann doch wieder zu seinem Wagen zurück. Ijana rümpfte die Nase. »Was uns gut nicht tut, tut niemandem gut. Nicht wahr, mia cara Krebsschwester?«
Das Knattern erstarb und eine Wolke von Dieseldunst verteilte sich über dem Pflaster.
»Das stinkt«, brachte Beate angeekelt hervor. »Und nicht nur der Auspuff.« »
»Vielleicht hat Robi doch recht«, sagte Ijana nachdenklich. »Sie hat ihre wilden Reben und sie sagt, lass alle Tiere krabbeln. Ich denke an Pool und das bedeutet Chlor. Noch eine Gift.«

O my, dachte Beate, o my Beckett. Scheitern, scheitern, besser scheitern. O my Samuel Beckett. Ijana will alles richtig machen. Sie will stolz sein. Es ist nicht mit dem Verstand zu fassen, was sie alles glaubt zu wollen. Sie will. Ja, sie will. Sie will nicht die Giftschlange sein. Sie will keinen Schicksalsschlag erleben. Keine Niederlage. Nicht sterben vor ihrer Zeit. Auch wenn der Tod alltäglich geworden ist und er nichts Besonderes mehr sein kann.

»Vielleicht sollte ich mehr an das Ende denken. Es gäbe mehr Sinn.« Ijana rümpfte die Nase. »Oder mehr an die Moral. Mehr menschlich. Mehr Natur, mehr natürlich.«

»Erst kommt die Moral und dann das große Fressen?« Beate grinste. »Gegen Mastschweine, leckere Antibiotika-Karpfen, Methangas der Rinder ...« Punkt für Punkt zählte sie an den Fingern ab. »Gegen Himbeeren aus Uruguay, Mangos aus Peru, Tomaten aus dem Gewächshaus, Genmais, Kopfsalat, gesalzen mit Nitrat und mit Pestiziden gepfeffert. Analogkäse, Riesen-Scampi aus Vietnam, Hähnchenformfleisch, Kükenshreddern ...«

Ijana winkte ab. »Das Wasser ist mein Element, liebe Bea. Ich werde Lobbyistin für die Adria. Unser Meer, das Mittelmeer.« Das Moralkrebsfieber griff nun nach ihr. »Aktivistin gegen die Überfischung. Diplomatin gegen Ölplattformen im Meer. Politikerin gegen Plastikmüllinseln im Ozean.« Sie ballte die Faust und reckte den Arm. »Und keinen einzigen weiteren Windpark im Wasser!« Ein Glucksen riss sie aus ihrer Privatdemo.

Hastig hielt sich Beate die Hand vor den Mund. Aber es half nichts, schon prustete sie los. Sie lachte, bis ihr die Tränen die Wangen herunterliefen. »Rette die

Welt und der Krebs ist gebannt«, japste sie.
»Ma certo! Ist gesund das All, sind es wir all!«
»Du denkst, wenn der Weltmotor nur richtig eingestellt ist, stirbt der Tod von allein. Du Superökowoman! Abgase, bleibt in eurem Auspuff!« Die Lachtränen kullerten weiter. »Willst du wirklich mit all den Walmördern, Plastikmüllterroristen und Öl-Havaristen unsterblich werden?«
Pfeifend kam Giorgio wieder zu seinem Pick-Up zurück. Er musterte kurz die Tische vor La Gatta d'Agata, zog die Augenbraue hoch, stieg ein und knatterte los.
Kurze Zeit später erinnerte nur noch ein leiser Hauch von Hühnermist in der Luft an seinen Aufenthalt.
»Da vergeht mir das Lachen«, sagte Ijana leise. »Ich muss doch etwas tun.«
»Denk an E gleich mc zum Quadrat.«
Einstein? Was will der denn jetzt? Das fünfte Jahr macht mich fertig. Jahre lang erinnere ich mich nicht, wie der freundliche alte Herr mit den wirren Haaren heißt, und nun kommt er ungefragt und ungebeten samt seiner berühmten Formel.

Ijana riss die Augen auf. »Es geht mir um ecologia.« Sie schüttelte den Kopf. »Du bist mir keine Hilfe. Mit Meer und Sonne können wir ökologisch sein. Hilft da Einstein? No. Du nimmst mich nicht ernst.«
Ijana kramte in ihrer Handtasche und zog die zerknautschte Zigarettenpackung hervor. Achtlos warf sie das Päckchen zurück, behielt aber das Feuerzeug in der Hand.

»Je größer die Energie, desto mehr Masse geht verloren. Diese Formel gilt auch für die Menschen, behaupte ich mal.«
Jetzt kommt mir auch noch der olle Kant in den Sinn. Er sagte zwar nicht, überlebe so, dass dein Krebs zur Richtschnur für alle zu werden hat. Mensch, Bea, die Moralkrebsgrippe! Fast hätte sie auch dich wieder am Wickel gehabt.
»Sorry, Ijana. Alles darf. Wenn du Lobbyistin werden willst, dann werde es. Wer, wenn nicht du? Wann, wenn nicht jetzt?«, zitierte sie.

Über das Kopfsteinpflaster vor Sant'Agata tuckerte ein Mofa mit einem überdimensionierten Blechanhänger. Die mannshohen Gitterwände klapperten. Ijana steckte das Feuerzeug zurück zu den Zigaretten.
»Ah, der Netturbino«, murmelte sie.
»Der was?« Beate griff nach ihrem Mineralwasser.
»Na, der Straßenkehrer. Er hat den Marktplatz fertig gemacht, jetzt sind die Kartons dran. Er sammelt die Verpackungen von Geschäften und Leuten ein, fährt im großen Bogen durchs Dorf und zum Schluss kommt er zu Robi. Kartons machen durstig, sagt er immer.«
»Er tut was für die Umwelt. Robi kümmert sich um das Kleingetier. Guli füttert Karpfen und Künstlerinnen. Und du, Ijana? Du Meisterin der Muskeln, Hexerin des Hexenschusses. Du Wassernymphe der Physiotherapie. Du Lobbyistin des Lachens. Und du glaubst, du tust nichts?«

»Es reicht einfach nicht. Nichts reicht. Ich muss dankbar sein. Aber das ist nicht genug.«

Moralkrebsgrippe akut. Ich habe es doch gewusst. Was hat die mich fertig gemacht! Ich wollte immer ein guter Mensch sein. Danach durfte ich gar nichts anderes mehr sein. Keine Schwächen, keine Laster, keinen Fehler. Um ein noch besserer guter Mensch zu sein, musste ich alles aufgeben, was Menschsein ausmacht. Was war ich verdreht! Verrückt. Völlig versponnen. Wie sehr, das begreife ich erst jetzt, im fünften Jahr.

»Du reichst völlig.« Beate legte ihr die Hand aufs Knie. »Deine rote Clownsnase, die dich dreimal täglich nach den Mahlzeiten zum Lachen bringt.«
Sie streichelte Ijana. »Sie werden vergessen, das hat Frau Doktor Matter gesagt, erinnerst du dich?«
Ijana nickte stumm.
»Eve!« Beate schnipste mit den Fingern.
»Eve?«
»Ja, Eve«, bestätigte Beate. »Die hat einen Knall! Einer Verrückten wie ihr kann nicht einmal Frau Doktor Matter mehr helfen. Oder meine Frau Räber. Dass die in dieser Welt überlebt, wundert mich schon lange.«
»Wo steckt sie eigentlich, deine Eve? Hast du nicht gesagt, im Oktober fährt sie auf diese Isola, da im Norden?«
»Hiddensee. Das ist nur für die Ferien. Aber sie muss ja ihr neues Buch überarbeiten, und weißt du, was sie

dann macht?« Beate sah Ijana erwartungsvoll an, aber die schüttelte nur den Kopf.
»Eve, meine gute, vernunftgesteuerte, gesunde Eve. Wenn die letzte Überarbeitung ansteht, was tut sie dann? Sie nimmt das Manuskript, einen grünen Stift, einen blauen, packt den Laptop und ein paar Klamotten und ab geht es zum Bahnhof in Konstanz. Der nächste Fernzug ist ihrer. Egal, wohin, Hauptsache, Richtung Meer. Wenn der Schaffner kommt, muss der ihr die Stationen an der Küste aufzählen. Bei der dritten sagt sie »Stopp, da will ich hin«, steigt aus, wirft sich ins nächste Taxi, das bringt sie in ein Hotel und dann arbeitet sie los, bis sie mit dem Manuskript durch ist. Danach springt sie ins Meer. Das ist dann aber auch nötig, möchte ich meinen. Wieder aufgetaucht, fragt sie den erstbesten Menschen nach Wochentag und Datum. Solange sie durch ihre Geschichten geistert, ist sie völlig aus der Welt. Völlig desorientiert.«
»Und du musstest in terapia deswegen. Die Welt ist ungerecht.« Ijana strich das Tischtuch glatt. »Ich bin so müde, Bea, ich will mich nur noch ausruhen.« Das T-Shirt war aus der Hose gerutscht, ihr glänzendes dünnes Haar stand wirr vom Kopf ab. »Ach, wäre das schön. Nur im Lehnstuhl sitzen, mir Gulis Tratsch anhören. Wie damals beim Friseur, als ich noch …«
Beate unterbrach sie. »Wenn ich mich an früher messe, drehe ich durch. Aber wenn ich mich mit Eve vergleiche oder auch mit anderen, dann relativiert sich alles.« Sie blinzelte in die Sonne.

Eve wäre ohne mein Navi by Body bereits am zweiten Tag des Lesemarathons verloren gegangen. Nabbea, nannte meine Therapeutin dieses Navi by Body. So lange ich meinem Körpergefühl blindlings vertraute, alle Einflüsse von außen auf ein Grundrauschen dimmen konnte, brauchte ich keinen Stadtplan. Schon bog ich nach links, wechselte in die zweite Querstraße rechts, nahm eine Gasse hier sowie den Überweg dort und stand vor dem Ziel, dessen zwischenzeitiges Verschwinden von Eve damit erläutert wurde, dass die böse Stiefmutter des königlichen Kartografen es kurzerhand in einen anderen Stadtteil verlegt haben musste.

»Nach der Lesereise war für mich das Thema Desorientierung abgehakt. Das kann ich dir sagen, wer mit Eve und einem Manuskript verreist, wird konfus.«
Ijana konnte das Grinsen in Beates Stimme nur allzu gut hören. »Chaotisch? Unsere intakte Eve? Sie doch nicht. Oder?« Sie schüttelte den Kopf. »Wenn sie so ist, dann, ja dann muss ich nicht einmal dankbar sein.«
»Vergiss das, Ijana. Frau Doktor Matter hatte recht. Mit jedem Jahr vergisst du, erstens, wie du sein solltest. Zweitens, wie du zuvor warst. Und drittens wirst du dir wieder Verrücktheiten erlauben. Macken, charmante Schrullen, nenn es wie du willst. Jedenfalls all das, was nicht ins Bild passt. Und du wirst Spaß haben, sehr viel Spaß.«
Mit einem Ächzen stand Beate auf. »Diese Stühle …«, murmelte sie. »Bin gleich wieder da.«

Auf steifen Beinen ging sie ins La Gatta. Ein wenig graute ihr vor der Wendeltreppe zu den Toiletten im Keller. Sie sah auf die Uhr. Die Siesta ist schon eine Weile vorbei. Dass sie uns nicht rausgeschmissen haben? Stunde um Stunde rumsitzen kennt man hier nicht. Der Italiener trinkt seinen Caffè, plaudert ein bisschen, geht dann und kommt später wieder. Und wir zwei Weiber hocken da seit dem Morgen. Mein Zeitgefühl ist mir abhanden gekommen. Jedenfalls hat es sich verändert. Ich erkenne es nicht wieder. Die Zeit sitzt im Raum, krümmt sich, dehnt sich aus, verdreht sich, zieht sich zusammen und schnurrt wieder auseinander. Sie ist immer in Bewegung. Sie rückt vorwärts, ständig. Unerbittlich. Sie bleibt nicht stehen. Was waren das für unendliche Nachmittage, als ich nicht wusste, wohin mit meiner Langeweile! Jetzt schaue ich für einen Augenblick woanders hin und schon ist es fast Abend. Mit so einem Zeitgefühl wird es mir nie langweilig. Wie lange stehe ich schon hier vor der Treppe?

Ijana zupfte Trauben aus einer Tüte. Genüsslich kauend schob sie Beate das Obst zu. »Tut mir leid, dass ich damals abgehauen bin.« Sie schaute an ihr vorbei auf den Turm von Sant'Agata. Massiv und graziös zugleich stand er mit seinen Renaissancebögen stolz gegen den Oktoberhimmel. Schmale Leitern streckten sich weit hinauf, bis ganz nach oben zur Spitze. Die oberste Plattform des Turms wurde von einer riesigen Plane verdeckt. Arbeiter legten Planken zwischen die ersten Stahlrippen und zogen Drahtseile hoch.

»Ich glaube«, nun sah sie Beate doch direkt in die Augen. Ihr Lächeln war ein Juwel aus Hilflosigkeit. »Ich glaube, ich habe es mit der Angst zu tun gekriegt. Weißt du, Bea, ich habe mich gefragt, ob ich mich wirklich ganz auf den Krebs, deinen Krebs, einlassen will. Ob ich das schaffe.«
Beate erstarrte. Das kann nicht wahr sein, tobte es in ihr. Ausgerechnet sie, Ijana, die den Pool will, im zweiten Jahr nach der Heilung! Ausgerechnet sie, meine Krebsschwester, sie kann mich nur mit Krebs denken.
Ijana spricht aus, wovor ich mich am meisten fürchte. Davor, dass der Krebs zu viel Macht hat. Wo ist der Bunker, in dem ich ihn lagern kann? Wo der Schlüssel, wo die Tür? Irgendwie muss ich raus aus dieser Situation, in der jedes Wort nur falsch sein kann und fast so verletzen wird wie das Schweigen.

»Wir sind Krebsschwestern«, brachte sie endlich heraus, »immer noch. Schwestern durch etwas, was nicht mehr da ist. Manchmal ist es das Wollen selbst, von dem zu viel da ist. Obwohl wir es uns so wünschen. Eine Schwester durch dick und dünn. Meine fünf Jahre sind um. Ich bin krebsfrei.«
»Er kann doch immer wiederkommen.«
»Was willst du, Ijana? Du bist operiert, hast die Chemo hinter dir, bist unter Kontrolle, nimmst deine Medikamente, bist gut eingestellt, du liebst und du lebst. Spürst du etwas anderes?«
»Eigentlich no. Nein.« Ijana knetete ihre Hände.
»Dann bist du gesund. Punkt.«

Ijana zog an ihren Fingern. »Aber …«
»Kein Aber. Die Fünf-Jahre-Regel zieht den Schlussstrich.« Am liebsten hätte Beate mit der Faust auf den Tisch geschlagen.
»Die Überlebensrate bei Schilddrüse ist gut. Aber weiß sie es auch, die Rate?«
»Nun ja, wenn sie es vergessen sollte, weißt du schon, wie du damit umzugehen hast.« Beate grinste. »Mutig lacht dir schon der Mund, liebe Frau, denk dich gesund.«
»Vielleicht kennt das Röntgenbild die Wahrheit. Und niemand hat sie gefunden. Bisher.«
Ijanas Finger knackten.
»Hör auf, lass das.« Beate gab ihr einen Klaps. »Ich bin zuständig für Fantasie. Ich bin die Autorin. Wer da sitzt auf dem Vulkan, legt sich einen Acker an.«

Wenn in fünf Jahren noch alles in Ordnung ist, bin ich gerettet. So hatte ich zunächst gedacht. Die Angst war an den Rhythmus der Nachuntersuchungen gebunden. Anfangs musste ich jeden Monat hin, dann alle Vierteljahre. Jetzt sind es nur noch zwei Mal pro Jahr. Jedes Mal dasselbe Spiel. Telefonieren, Termin vereinbaren. Warten auf den Tag, warten, bis Ritter Jürg läutet, hinfahren, warten, Mammografie, warten, Ultraschall, warten. Ein widerwärtiger Orientierungslauf für die Angst, immer noch. Zwischendurch zapfen sie dir Blut ab. Endlich ist es soweit, du wirst hineingerufen und starrst Frau Doktor Matter an, beobachtest sie misstrauisch. Du sitzt auf dem Untersuchungsstuhl, Füße hoch, warten. Warten, bis das Labor das Ergebnis vom Abstrich schickt. Das böse Spiel endet erst, wenn auch das allerletzte Resultat ohne Befund ist. Untersucht werden ist immer wieder die Konfrontation mit der Angst. Aber ich stelle mich ihr, nehme sie in Kauf, für die Bestätigung, dass alles in Ordnung ist. Eine Rettung auf Zeit. So sieht sie aus, unsere Zeit. Und dann beginnt es erneut, dieses Warten auf »alles normal, Sie sind krebsfrei. Sie sind gesund«.

So sieht sie aus, unsere Normalität. Wie früher lebe ich in geborgter Zeit, aber heute fühle ich mich wahrscheinlich lebendiger und genieße meine Zeit, inklusive Raucherpausen in den Ferien.

»Gut, du bist die autoressa.« Ijana klapperte mit den Wimpern. »Und deshalb …«

»Halt!« Beate hob die Hand. »Sprich es nicht aus. Diese Langer. Ellen Langer und ihre Studie aus den Siebzigern kenne ich auch. Ich weiß es doch. Jeder Grund, selbst ein mieser, genügt zum Schreiben. Und ich will es nun einmal nicht schreiben, dieses blöde, dämliche, verdammte Buch.«

Ijana strich sich die Locken hinter ihre Ohren und langte nach den Weintrauben.

Beate wurde unsicher. So war es nun einmal, auch der lächerlichste Vorwand blieb immer noch ein Grund. Es gab genug Gründe, einen Roman über das große Danach zu schreiben. Und sie waren allesamt nachvollziehbar. Oder spielte Ijana vielleicht nur mit ihr? Wie sie die Trauben isst! Mit spitzen Fingern wählt

sie eine, drückt, zupft, nimmt dann doch eine andere, steckt sie sich in den Mund und leckt sich die Lippen. Wie eine zufriedene Katze. Kann es sein, dass sie mich auf die Probe stellt? Braucht sie einen Beweis meiner Liebe? Oder will sie nur wissen, ob …
Ich will dieses Buch nicht schreiben. Selbst wenn meine Krebsschwester dann nichts mehr von mir wissen will.

Ijana wählte eine besonders saftige Traube aus, küsste sie sanft und schob sie Beate in den Mund.
»Sollen wir? Nur wir zwei?«, bluffte die. »Mal zusammen ausgehen? Ausgehen und reden. Über, sagen wir …«, sie zwinkerte, »… Projekte.«

Wie konnte ich nur, schalt sich Beate. Ich Schaf. Über Projekte reden. Ich weiß doch, wie gefährlich so etwas ist. Eve habe ich das auch mal vorgeschlagen. Eve, die ein Händchen dafür hat, meine Entscheidungen in einem Cocktailglas zu ertränken. Eve mit dem Pfefferminzstängel zwischen den Lippen. »Aphrodisiakum gefällig?«, murmelt sie und ich sehe die Gefahr nicht. »Mach mich mit einem Kuss unsterblich«, flüstert sie und klettert vom Barhocker. Schmiegt sich neben mich an den Tresen, deutet meine Verlegenheit als Einladung, mich gleich noch einmal zu küssen und wendet sich dann einer anderen zu. Ich will weg und bleibe sitzen, weil ich meinen Beinen misstraue.
Seit diesem Abend schaue ich Eve nicht mehr durch ein gefülltes Cocktailglas an, sondern durch die rosarote Brille meiner lüsternen Gedanken. Als Eve dann

von Hanna begann, und davon, nicht erhört worden zu sein, da endlich entdeckte mein Herz sich selbst.

»Dannato!«
Beate zuckte zusammen. »Dannato!«, donnerte die tiefe Stimme noch einmal und ließ die große Fensterscheibe klirren. Ein Mann stand im hinteren Teil von La Gatta d'Agata und fuchtelte mit den Armen. Beinahe hätte er die Kellnerin niedergeschlagen, die ihn wie ein verloren gegangenes Küken umflatterte. Er fluchte, zeterte und schimpfte. Staunend erkannte Beate jede einzelne italienische Verwünschung wieder, die sie jemals aus Ijanas Mund gehört hatte, und lernte noch ein paar neue dazu. »Ladro sudice! Porca miseria!«
»Was ist denn da los?«
»Männer«, sagte Ijana. »Keine Verletzung ist klein genug, um nicht zu brüllen.«

Sie sahen zu, wie der Mann sich hinsetzte und der Kellnerin den verletzten Finger zeigte. Das Pflaster war schnell angebracht und der Grappa zum Trost ebenso schnell getrunken. Beate nahm eine Traube. Vieles in der Welt lässt sich mit Pflaster und Grappa wieder richten.
»Wo wir waren stehen geblieben?« Ijana raschelte in der Traubentüte. »Wir gehen aus, du und ich und das Projekt, eine piccolino Buchprogietto?« Ijana strahlte. »Warum nicht?«
»Ich kann nicht. Tut mir leid.« Beate wurde es schwarz vor Augen. Zwei kühle Hände hatten sich über ihre Lider gelegt.

»Was tut dir leid?«, fragte eine sanfte Stimme, in der ein leises Lächeln klang. »Was kannst du nicht?«
Beate fuhr herum. »Duuu?« Sie sprang vom Stuhl auf. »Das kann nicht wahr sein! Du bist doch in der Endkorrektur! Was hat dich aus deiner Texthöhle gejagt?«
Eve zeigte auf Robi.
»Das war ich«, antwortete die.
»Ich habe an ihre Türe gehämmert und keine Ruhe gegeben. Bis sie mir endlich öffnete, mit Tinte an den Fingern. Ich habe sie becirct, nach allen Regeln der Kunst.« Robi stellte einen weißen Karton auf den Tisch. Es klirrte leise. »Eigenhändig habe ich ihr Schokolade in den Mund gesteckt. Das Heilmittel gegen Essfaulheit.«
Eve umarmte Beate und drückte sie zärtlich an sich. »Ich wollte dir nahe sein«, flüsterte sie. »Du warst mir einfach zu weit weg.«
Da kannst du echt jede Rippe einzeln zählen. Sobald wir gemeinsam texten, werde ich sie wieder mästen, beschloss Beate. Das ist doch kein Zustand. Sie hetzt und jagt sich und schreibt und schreibt. Sie schreibt und nimmt ab und ich päpple sie und dann ist schon wieder das nächste Buch fällig. Ich muss an meine Rente denken, sagt sie, nimmt den übernächsten Auftrag an und fürchtet, dass sie eines Tages nicht mehr gefragt werden wird.

»Die Schokolade hat gewirkt. Da merkte ich erst, wie hungrig ich war. Anschließend bin ich erst einmal freiwillig unter die Dusche. Mein Herz hat dich so vermisst.« Eve zog sich einen Stuhl heran.

Robi streichelte Ijana über die Wange und setzte sich dann auch. »Und? Was habt ihr beiden inzwischen ausgeheckt?«
»Nun ja«, druckste Beate herum. »Ein bisschen was. Ich rede nur für mich, aber ich habe ein wenig geflirtet. Mit deiner Frau.«
»So, so. Geflirtet. Und du, Ijana? Du auch?« Robis Zeigefinger wurde immer spitzer. »Während ich mir das Telefonino heiß rede auf der Suche nach der verschollenen Eve, flirtet ihr? Geht es euch noch gut?«
Ijana errötete.
»Also wirklich«, mischte sich Eve ein. »Das finde ich aber auch nicht gerade schön.«
Beate griff in die Tüte mit den Trauben. »In den Ferien ist keine Frau sicher vor mir.«
Eve strahlte sie an. »Was meinst denn du, warum ich hergekommen bin? Das will ich auch einmal erleben. Von dir beflirtet zu werden, das muss doch der absolute Höhepunkt einer jeglichen Urlaubserinnerung sein.«
Beates Herz legte ein wildes Solo ein.

»Das wird mir hier zu heiß.« Robi stand auf. »Ich spendiere eine Runde Wasser für alle. Sonst noch was?« Sie packte den Karton. »Wein trinken wir hier erst wieder, wenn er gut ist. Also meinen Wein.«
Italienisches Tempo, befand Beate. Erst der Pool, jetzt der Wein. Wie Tomba la bomba beim Abfahrtslauf. Einmal gestartet, hält niemand ihn auf.
»Aber nur, wenn der auch bio ist.« Eve schaute streng. »Ich bestehe auf ökologische Önologie.«

»Claro, was denkst denn du.« Robi zeigte ihr das Umweltsiegel auf dem Karton. »Es gibt nichts anderes mehr. Ich habe ja meine Ijana. Und du bist verantwortlich für Bea.«

Eve fand umgehend den Reim darauf. »Auch wenn dir was die Gesundheit raubt, von mir wird doch an sie geglaubt.«

Beate sah verständnislos zwischen Eve und Robi hin und her. »Was soll denn das nun wieder heißen?«

Ijana legte ihr die Hand auf den Arm. »Robi! Sag, dass es nicht wahr ist!«

Eve schob ihren Rucksack unter den Tisch. »Du auch, Robi?«, murmelte sie.

»Das ist doch wohl klar.« Robi stellte den Karton wieder ab.

»Was ist klar?« Beate zog Eve am Kragen unter der Tischdecke hervor.

»Das ist doch nun einmal Tatsache. Längst bewiesen. Werden die Parameter geändert, sieht das Ergebnis anders aus. Selbst wenn die Gleichung im Prinzip gleich bleibt, das Resultat ist das Entscheidende.«

Eve dachte nach. Ja, so konnte es gehen. »Ist der Discounter saisonal, hab ich gesund dich optimal.« Sie sah Beate tief in die Augen.

»Wir haben schon immer alles bio gehabt. Aber seitdem du krank warst, haben wir noch einen Zacken zugelegt. Was glaubst denn du, warum? Warum dreht Guli durch, wenn ihre Gastkinder Zuckerchemie mitbringen? Warum macht sie Bonbons und Limonade selbst und backt jeden zweiten Tag Brot? Und das in ihrem Alter! Ich hasse es.«

»Du auch?« Eve blieb fast der Mund offen stehen. »Meine Krebsphobie gibt mein Geld nur noch sauberen Firmen. Seit ich Beate kenne, gilt die Maxime. Wer mich nicht macht krank, kriegt mein Geld auf seine Bank.«
Ijana und Beate wechselten einen Blick. »Vermeidung der Ursache«, riefen sie einstimmig.
»Die wollen uns einsperren«, begann Beate zu toben, »einsperren in ein klinisch einwandfreies Gewächshaus mit Antikrebsschleuse. In ein Universalweltgewächshaus, biologisch, vegetarisch, mit sauberer CO2-Bilanz und energieneutral. Und nicht zu vergessen mit Eisbären, Walen und bengalischen Tigern im Garten. Herzlichen Dank.«
Eve nickte zustimmend. »Genau das will ich.«
»Ich auch.« Robi nahm den Weinkarton und ging ins Café.

Ijana pfiff leise. »Wir beide haben was falsch gemacht. Gründlich.«
Beate blickte zornig an Eve vorbei. »Wir hätten es ihnen nicht erlauben dürfen. All diese Suchereien im Internet! Diese zwanghafte Dauerbeschäftigung mit dem Krebs! Mit unserem Krebs. Wenn wir ihnen nur zugehört hätten. Wenigstens gelesen hätten, was sie uns hinlegten.«
Ijana prustete los. »Tee«, lachte sie. »Der hätte vielleicht gereicht. Tee und ein Keks.« Sie hörte gar nicht auf zu lachen. »Und noch einen für später. Das hätte sie abgelenkt.« Sie schüttelte sich. »Und dann hätten wir den Stecker ziehen können.« Hilflos prustete sie

wieder los. Sie griff nach der letzten Serviette. Umständlich putzte sie sich die Nase, gepackt von Lachattacken. Endlich hatte sie die Fassung wieder. »Und vielleicht ein Kuss. Auf die Stirn. Die allergrößte Sehnsucht.«

Ich liebe es, dachte Beate. Das fünfte Jahr. Endlich bin ich wieder in der Lage, zu reden, zu argumentieren und auch einmal sauer zu werden, ohne gleich völlig aus den Schienen zu kippen. Nicht einmal mehr Eve kriegt mich noch auf diesen emotionalen Kirmesplatz, auf dem ich mir regelmäßig abhanden gekommen bin, irgendwo auf der Achterbahn der Gefühle quer durch das nervliche Blitzlichtgewitter. Meine Gedanken finden allmählich den Weg, das Chaos zu sortieren.

Ijana wischte eine Lachträne aus dem Augenwinkel. »Alle für alle«, sagte sie langsam. »Gesunde und Kranke gemeinsam, sozusagen. Das ist der Weg von Robi und Eve. Vielleicht sollten wir diesmal auf sie hören.« Ijanas dunkle Augen funkelten, als sie sich nach Robi umschaute. Die sollte sie jetzt nicht hören. Vorsichtshalber flüsterte sie die Frage, die ihr noch mehr auf dem Herzen brannte als auf der Zunge. »Vielleicht müssen alle irgendwie komisch und ein wenig konfus sein, um mit dem Krebs fertig zu werden?«
»Keine Ahnung.« Beate zupfte eine Traube vom Stängel. »Wir sind durch die Stürme des Meers gesegelt, ohne im selben Boot zu sitzen. Und jede musste für sich allein mit der Seekrankheit fertig werden.«

Für Eve bin ich nie wirklich krank gewesen. Ich habe sie von ihrer Krebsphobie geheilt. Vielleicht nur vorübergehend, wer weiß das schon zu sagen?

»Wer ist komisch? Welcher Krebs? Was für ein Boot?« Mit einem Klirren setzte Robi das Tablett auf dem Tisch ab.
»Ich verstehe es auch nicht ganz«, sagte Eve und griff nach der Wasserflasche.
Robi rückte einen Stuhl heran und setzte sich. »Was hast du denn da?« Sie deutete auf Ijanas Handtasche, aus der der Briefumschlag herauslugte. »Zeig mal!«
Ijanas Fuß federte immer schneller auf und nieder. Eine Autohupe gellte. Der Ton ging ihr unter die Haut und ließ ihre Nerven vibrieren. Zitternd drückte sie den Umschlag tiefer in ihre Handtasche, zündete sich mit bebenden Fingern eine Zigarette an und nahm einen tiefen Zug. »Ich habe keine Lust mehr auf Rauchen«, sagte sie, als sie die Zigarette unter ihrem Absatz zerdrückte. »Ich habe, ich mache, ich bin die neue, die neue Koordinatorin.«
»Was soll das heißen?« Robis Stimme klang gefährlich leise.
Ijana starrte auf den zerquetschten Stummel, beugte sich vor, hob ihn auf und warf ihn in den Aschenbecher. »Ich rauche nicht mehr«, sagte sie. »Und ich mache jetzt la coordinazione. Für das Hotel Miramare. Der Pool, du weißt?«
Beate platzte fast vor Stolz. »Du wirst es nicht glauben, Robi, was deine Ijana für einen fetten Fisch an Land gezogen hat!« Sie konnte es immer noch nicht

fassen, wie ihre Krebsschwester ganz ohne Coaching die grundlegendsten Regeln des Marketings anwandte. »Sie sitzt wie die Spinne im Netz, hat Kontakte zu den Vereinen, alle wollen was von ihr. Und so ganz nebenbei empfiehlt sie deinen Wein für die nächste Hauptversammlung, das Jubiläum, die Siegesfeier und was weiß ich denn alles. Das kannst du gar nicht kaufen, so gut ist das.«

»Was? Du hast diesen Schmutzfink …« Robi schüttelte ungläubig den Kopf. »Dazu hast du ihn gebracht? Seit Jahren haben sämtliche Weinbauern versucht, einen Fuß in seine Tür zu bekommen. Und du hast es geschafft?«

»Du und ich, wir sind Partners in life, Robinella mia. Das hast du doch gesagt.« Ijana strahlte. »Ich habe nichts von Wein gesagt, ich habe nur gesagt, ich will den Pool. Und schon er war raus, der Korken.«

Ratlos hörte Eve zu. »Ich verstehe nur Bahnhof, meine Lieben. Könnte ich bitte eine Fußnote haben?«

»Es ist wie im Märchen, meine Liebe. Erfolg hat das Pärchen. High Five!«

Eve reckte den Arm über den Tisch. Klatschend schlugen die beiden Handflächen ineinander. »Na, dann gratuliere ich mal. Kann man das hier auch schon mit deinem Wein?«

»Prosecco, liebe Eve. Den kann man hier schon trinken. Auch wenn sie meinen noch nicht auf der Karte haben.« Robi stand auf und klemmte sich das Tablett unter den Arm.

»Es ist wirklich unglaublich, Eve. Ich habe den ganzen Tag immer wieder dieses Ploppen im Ohr. Meine

Vorurteile, eins nach dem anderen zerplatzt. Plopp. Schon wieder eins. Die Italiener sind so etwas von schnell, wenn es ums Entscheiden geht, da bleibt dir glatt die Luft weg. Zweimal telefoniert, einmal die Hände geschüttelt und die Abmachung steht. Nicht wie auf dem Amt in deinem Kaff.«

Eve zog eine Schnute. »Du, lass mir mein Dingelsdorf in Ruhe. Wenn es um Vereinbarungen geht, bist du auch nicht gerade eine Ruhmesleuchte. Oder wie ist das, wenn du einen Termin bei deiner Ärztin machst?«

»Das ist jetzt gerade nicht das Thema.« Beate klang schroff.

»Och«, sagte Ijana. »Es klingt molto interessante. Erzähl doch mal, Eve. Was macht sie, meine Bea?«

Eve liebt meine Ausreden, wenn ich den Nachsorgetermin verschiebe. Der gestandenen Märchenautorin vergeht Hören und Sehen dabei. Sogar die Wellensittiche müssen herhalten. Während des Telefonierens recke ich drei Flaumfedern hoch und schwöre jeden Eid, dass die armen Vögelchen sterbenskrank sind. Es kann sich nur noch um Stunden handeln, haben sie doch aus unerfindlichen Gründen sämtliche Federn verloren und das, ohne in der Mauser zu sein!

Dabei müsste ich gar nicht schwören, findet Eve, nicht wenn die Stimme aus dem Telefonhörer ein Indiz ist. Die Sekretärin scheint lediglich freudig überrascht, dass ich überhaupt absage und gibt ohne weiteren Kommentar einen neuen Termin durch. Krebs ist keine Erkrankung, deren Kontrolltermine einfach einzuhalten sind.

Beate sah suchend über den Tisch. Wo waren die Zigaretten? Ijana zog das Päckchen aus der Handtasche und schob es ihr samt Feuerzeug zu.

»Ich weiß, ich weiß, ein anständiges Mädchen sollte nicht rauchen. Aber verdammt, heute nehme ich mir das Recht auf ein paar Züge.«

Eve hatte nie in ihrer Gegenwart geraucht. Seit sie zusammen schrieben, hatte sie damit ganz aufgehört. Sie gab Beate Feuer.

»Du weißt, was gut für dich ist. Du bist doch schon groß«, neckte sie. Je weniger sie sich über die Raucherei beschwerte, desto seltener musste sie nach der Streichholzschachtel greifen. Eve ließ ihre Beate rauchen und behielt die Sorgen für sich. Sie wusste aus Büchern, wie schwer es war, zu leben im Überleben.

»Habt ihr wirklich den ganzen Tag hier im Café rumgehangen und sonst nichts unternommen?«

Robi kam mit voll beladenem Tablett aus La Gatta und warf einen angewiderten Blick auf die Zigaretten.

»Für mich ist das vorbei«, beeilte sich Ijana stolz zu verkünden. »Ich rauche nicht mehr einfach so. Nur noch, wenn es stimmig ist. Manchmal will die Seele rauchen. Und manchmal sagt mir der Verstand, rauchen? Bene. Aber nicht jetzt. Später.«

»Der Verstand? Der hat es gut. Aber die Seele ist besser. Meine hat gerade Durst.« Robi verteilte die Prosecco-Gläser. »Was gibt es, um darauf zu trinken?«

»Auf die Seele, die nach Zigaretten heult.« Beate nahm einen tiefen Zug und drückte den Stummel aus.

Den Aschenbecher stellte Eve umgehend auf den Nachbartisch. »Prosit dem gesunden Menschenverstand, der heilt.«
»Auf den Weingott, der uns lieb hat.« Robi hob das Glas.
Ijana schüttelte energisch den Kopf. »Auf den Pool. Der bringt das Geld uns und für alles, was uns schmeckt. Also, auf den Pool.«
»Wir haben uns doch auf die Fässer geeinigt.« Robi stellte das Glas hart ab. »Ich muss schon sagen. Ich bleibe bei allen Göttern der Önologie.«
»Fremdwörter sind meine Domäne.« Eve ließ den Finger über den Glasrand gleiten.
»Das war mal. E gleich mc Quadrat, sage ich nur.« Beate drückte Robi das Glas wieder in die Hand. »Einstein und Kant, meine Trinkkumpane sind zurück. Ach, Quatsch. Warum sollten wir auf das Wohl von toten Männern trinken? Also, auf Madame de Staël, zuständig für die Dichter und Denker.«
»Warum die und nicht beispielsweise Bettina von Arnim? Dann doch lieber gleich die Märchenfee. Auf sie, die mit ihrem Gesang die Krebse ins Meer lockt.« Eve hob ihr Glas. »Prost Märchenfee, du meine Schutzpatronin des Schreibens!«
»Auf alle Feen und Zauberleute, auf Hexen, Magierinnen und Prinzessinnen. Auf alle Märchenwesen! Und darauf, wo sie leben, in unseren Herzen und in den Büchern.«
»Nicht auf alle Bücher.« Robi zwinkerte Ijana zu. »Auf das eine. Das, was Bea uns schreibt.«
Drei Gläser klirrten aneinander. Eve sah Beate ver-

blüfft an. Die winkte ab. Nicht schon wieder, dachte sie. Drei gegen eine. Das ist feige. Gemein ist das.

»Wirklich, Beate? Drückst du dich immer noch? Wie lange willst du dich noch verstecken im Schatten von Bernd Breitenmoser und dessen schwulen SM-Storys? Du, meine zauberische Beate? Du kannst über alles schreiben, ja, das kannst du. Und ausgerechnet bei Monsignore Krebs ziehen Madame es vor zu schwächeln? Fünf Jahre ist er jetzt fort. Nun kann er dir nichts mehr befehlen. Dein Leben nicht und dein Schreiben nicht und dein Nichtschreiben schon dreimal nicht. Es wird höchste Zeit, dass du aufhörst mit den Faxen. Akzeptier endlich, dass du nicht wegen des Krebses nicht schreiben kannst, sondern dass dein Schreiben, dein Handwerk, dein Können Grenzen hat. Gib doch endlich zu, dass das nicht am Krebs liegt. Jedenfalls nicht nur.«

Beate sah Eve lange an. »Ja, läck!«, brach es dann aus ihr heraus. »Gopfristutz, läck du mer am Tschööpli. Bin ich denn ein Orca, verdammt noch mal?«

»Der Killerwal der Krebsliteratur?« Eve runzelte die Stirn. »Verdammt noch mal, ja! Warum denn nicht? Wenn Orcas schreiben können.«

»Eve, die beherrschen den Buckelsprung. Und dafür brauchen sie sieben Jahre.« Beate nippte an ihrem Glas. »Verdammt, wo ist das Wasser?«

»Was soll das jetzt, lenk nicht ab.«

»Doch.« Beate schenkte sich Mineralwasser ein. »Jetzt hör du mir mal zu.« Sie trank das Glas halb leer. »Wenn der Wal bei der Jagd nach Seelöwen auf den Strand rutscht, rettet ihm der Buckelsprung das Leben. Sieben Jahre. Sieben lange Jahre lehren ihn seine Eltern das. Mit Engelsgeduld.«

»Komm zur Sache, Beate. Ich brauche keine sieben Jahre, um zu begreifen, wofür es grundsätzlich keine Argumente gibt.«

Beate drehte Däumchen. »Dann eben die Kurzfassung. Orca-Oma Bea ist in eine Schiffsschraube geraten und hat ausgerechnet den Buckelsprung vergessen. Ausgerechnet! Die verreckt am Strand, wenn sie noch mal auf Seelöwen trifft. Denn was Bea verlernt hat, lehrt Beate sie nie mehr. Nimmermehr, krächzt der Rabe, nimmermehr.«

»Du wendest Edgar Allan Poe gegen mich? Und haust mir im gleichen Atemzug eine Fabel um die Ohren! Was für eine unverfrorene Impertinenz! Aber das eine sage ich dir. Auch damit kommst du nicht durch. Nicht bei mir.«

Eves und Beates wütendes Schweigen durchbrach ein Gläserklingen. Ijana stieß mit Robi an. »Ti amo, Robinella mia. Du weißt doch immer, was zu tun ist.«

»So wird auf hohem Niveau gejammert. Könnt ihr das noch mal, in Zeitlupe vielleicht?« Robi stieß erneut mit Ijana an.

»Moment mal. Zu euch beiden komme ich gleich.« Beate wandte sich wieder Eve zu. »Wo warst du? Jetzt, nach fünf Jahren, da kommst du an und willst ein Buch, willst, dass ich darin alles erkläre. Aber als die Glatze mich heimsuchte, als nichts, aber auch gar nichts erklärt werden musste, weil ohnehin alles klar war, wo warst du da?«

»Ich habe dir Lesungen organisiert.«

»Ja, toll. Lesung. Bei Herbert und Clara. Eine Woche, nachdem mir Chantal die Glatze rasiert hatte. Da stand ich, in deinem Stammcafé. Mit blitzeblanker Billardkugel.«
Beate steckte beide Hände in die Hosentaschen. Tief, so tief es nur ging. Sonst hätte sie Eve erwürgt.
Warum habe ich damals eigentlich zugesagt? Weil es meine letzte Lesung hätte sein können? Und wenn schon!
Als ich endlich wieder daheim war und mich auf die nächste Chemo vorbereitete, da kam diese Mail. Eine Besucherin der Lesung fragte, warum ich ausgerechnet im beschaulichen Dingelsdorf kahlköpfig aufgetreten sei. Und das mit so einem attraktiven Gesicht! Meine Ausstrahlung sei so individuell, sich mit aller Gewalt noch aparter machen zu wollen, das hätte ich doch nun wirklich nicht nötig.
»Und was war mit dem Grand Resort, vier Sterne? Superzimmer, im Luftkurort, wunderbare Natur, ein Büfett allererster Sahne, Wellness und, und, und. Freie Logis und Vollpension das ganze Wochenende. War das etwa nichts?«

Zwischen meiner letzten Chemotherapie und der ersten Bestrahlung, brachte mich Ritter Jürg mit seiner Karosse dorthin in den idyllischen Kurort im Schwarzwald. Auf einem Bergrücken lag das Luxushotel. Schnurrend glitten die Reifen über den Asphalt der Auffahrt. Am nächsten Morgen hielt ich meinen Vortrag. »Unterschiedliche Formen der Intoleranz« hieß das Thema, mit dem ich achtzig Jugendliche unterhielt.

Mehr als zwei Stunden stand ich vor ihnen, aber wie? Mein linkes Bein ließ sich nicht mehr kontrollieren. Es knickte immer wieder ein. Ich ignorierte es, redete, hörte mir Fragen an, antwortete, argumentierte.

»Die Jugendlichen haben dir so was von zugehört«, wusste mir Eve, die zur Unterstützung in der ersten Reihe gesessen hatte, anschließend zu berichten. »Sie haben dir förmlich an den Lippen gehangen. Aber du hast ja auch geglänzt. Ach was, geglänzt. Gestrahlt hast du.«

»Bei der Nachbesprechung störten sich einige an Ihrem fehlenden Haar«, erfuhr ich vom Veranstalter. »Die Jungs und Mädels dachten, damit wollten Sie sich interessant machen.« Er habe sie dann aufgeklärt. Was hätten die gestaunt! Sie ließen mich grüßen und wünschten mir alle gute Besserung.

Einige Wochen später entdeckte ich den ersten zarten Flaum auf meinem Schädel. Aber die Medikamente in meinem Körper täuschten mich. Steroide, die noch nicht ganz ausgeschwemmt waren, gaben mir das Gefühl, mit dem kleinen Finger die Welt aus den Angeln heben zu können. Die Realität holte mich ein. Fünf Jahre mussten vergehen, ehe ich es wieder wagen konnte, allein eine Lesung zu gestalten, eine Podiumsdiskussion zu leiten oder gar einen Workshop durchzuführen.

»Und dann war da ja auch noch …« Eve sah aus wie ein Engel auf der Himmelsleiter, der noch nicht ganz unten angekommen war. »Du erinnerst dich? Die Kleinigkeit der Lesereise. Marketing, damit man dich

weiter liest. Lesen, damit der Markt dich nicht vergisst. Das war auch meine Idee, schon vergessen?«
Beate schob die Fäuste noch tiefer. »Und in der Zeit dazwischen, meine liebe Eve? In all den Monaten? Da habe ich dich nicht gesehen.«
»Aber ich habe dir doch gemailt. Jeden Samstagmorgen. Pünktlich um viertel vor Zehn. Ich habe immer nach dir gefragt und den Kontakt gehalten, selbst wenn keine Antwort kam. Oder in völlig unverständlichem Schweizerdeutsch.« Eve winkte ab.
»Was du bist für eine Freundin!« Ijana konnte es nicht fassen. »Per Mail, Eve, für Monate? Du hast sie nicht besucht, unsere Bea? Sie nur auf die Bühne gepeitscht, mit nacktem Kopf?« Sie wandte sich zu Beate. »Warum hast du dich peitschen lassen? Du bist verrückt.«
Die sah in ihr Glas. »Ich weiß nicht«, murmelte sie.

Während der ganzen Zeit hätte ich meine Kräfte einteilen müssen. Ausschließlich die Krankheit brauchte mich. Zwischendurch wollte ich auch einmal ohne sie sein. War ein Leben außerhalb überhaupt noch möglich? Durfte sich der Krebs denn alles einverleiben? Ich lasse mir doch mein Leben nicht versauen! Von nichts und von niemandem. Wobei mir die Kraft fehlte, mich für oder gegen etwas zu entscheiden. Was auch immer im Terminkalender stand, ob Chemotherapie oder Vortrag, für mich gab es keine Unterschiede mehr. Sobald ich halbwegs stehen konnte, tat ich, was von mir erwartet wurde.

»Ich konnte einfach nicht.« Eve flüsterte es fast. »Immer wieder stand ich im Mantel da, wollte los und habe es dann doch gelassen.« Sie blickte hilfesuchend zu Robi. »Und habe daran gedacht, wie du da liegst, auf deinem Bett, und dass schon der Türdrücker dich anstrengt. Das wollte ich dir nicht zumuten, mit meiner Gesundheit da hineinzuplatzen. Mit meiner ganzen, unverschämten Gesundheit.«
Ijana sah Robi sprachlos an. Sag nichts, flehte ihr Blick. Bestätige sie nicht auch noch.
Robi drehte den Glasstiel zwischen ihren Fingern. Angestrengt starrte sie auf ihre Gummistiefel.
»Hat dein Verhalten, dein Denken, nein, dieses Gefühl«, begann Beate zögernd, »hat dein Bauch mit deinem gesunden Menschenverstand übereingestimmt? Hast du dich das je gefragt? Oder mich? Per Mail wenigstens, wenn es schon nicht per Telefon ging?«
Robi stupste Ijana an. »Sag mal, hat Eve sie wütend gemacht?«
»Ja, sie hat«, sagte Ijana. »Das sagt mir mein Gefühl.« Wieder hob sie ihr Glas. »Auf die Gefühle. Und auf den gesunden Verstand. Dass sie zueinander finden.«
»Nein«, sagte Beate. »Aufs Eis. Da sollen sie hin, die beiden.« Sie stieß mit ihrem Glas gegen Ijanas. »Der Weg nach vorne ist wie Eislaufen, wisst ihr? Eisläuferinnen gleiten schwerelos über den See. Aber sie wissen nicht, ob das Eis überall hält.«
»Diese Vergänglichkeit, liebe Beate, die ist es.« Eve leerte ihr Glas. »Japaner feiern sie. Zur Hässlichkeit des Verwelkens einer Blüte gehört unabdingbar, dass sie nur einen Moment währt.« Sie schloss die Augen,

schluckte. »Damals. Ijana, weißt du, damals habe ich … Ich habe …« Eve wandte ihr Gesicht der Sonne zu und holte noch einmal tief Luft. »Monate vergingen, liebe Ijana. Und in der Zeit habe ich die Angst verloren, ich liebe dich zu sagen.«

»Ach.« Ijana stand vor Staunen der Mund offen. Ihre Hand schwebte über der Zigarettenpackung. Wortlos trommelte sie einen kurzen Wirbel auf die Schachtel. Beate mimte die ahnungslose Freundin, die in Gedanken versunken einfach nur da saß. Eve glaubt immer noch, ich wüsste es nicht.

Zeit braucht es, viel Zeit, Liebe wieder zuzulassen, sie durch die Unsicherheit nach Krebs hindurch in ihre ganze Reichweite zu tragen. Gefühle überschwemmen mich immer noch. Obwohl ich mich an den Aufenthalt im See gewöhnt habe. Obwohl das Wasser mir nur noch bis zum Hals steht. Obwohl ich sogar Boden unter den Füßen spüre. Es braucht Zeit zu lernen, im Wasser zu leben und nicht nur zu überleben. Realität und Liebe zusammenzubringen, in eine Beziehung zu bringen, schon allein der Versuch lässt die Wasser steigen. Die verliebten Wellen zu erleben, das ist das eine. Zu erkennen, wie nahe ich dabei dem Ertrinken bin, etwas ganz anderes.

Beate steckte die Zigaretten in Ijanas Handtasche.

»Aahaahaahaaa, a far l'amore comincia tu.« Und gleich, bloß um sie zu ärgern, ließ Ijana ihr lang gezogenes »Aahaahaahaaa« noch einmal erklingen. Diese Italienerinnen, dachte Beate. Wir befinden uns im dritten Jahrtausend, doch hier ist Raffaella Carràs großer Sommerschlager aus den Siebzigern noch aktuell. Eine schöne Stimme hat sie, meine Ijana.

Sie ertappte Eve dabei, wie die mitsummte. »Aahaahaahaaa, a far l'amore comincia tu. Dumdidumdidumm, Liebe, Liebe, Liebe, lei ...« Eve stockte. »Wie hat das eigentlich seinen Weg in einen italienischen Schlager gefunden? Was macht die Liebelei da? Ich habe damals herumgefragt, aber niemand wusste eine Antwort.«

»Du übernimmst die Initiative, um Liebe zu machen«, sagte Robi. »Viel mehr ist nicht dran an dem Liedchen. Die Liebelei ist hier niemandem aufgefallen, nicht hier, wo l'amore ihre Heimat hat.«

»Liebe, Liebe, Liebelei ... Ja, bei der bin ich dabei«, sang Beate mit Inbrunst. Sie hatte sich entschieden, auf die Liebe mitsamt ihrer grässlichen Beziehungsarbeit zu verzichten. Viel zu anstrengend. Lieber bleibe ich der Affäre treu, dem Sex. Für ein Abenteuer reicht die Liebelei.

»Liebe, Liebe, die soll's sein«, mischte sich Eve ein. »Liebelei ist nicht mehr mein. Scoppia scoppia mi sco, stopp, ja, stopp, denn mein Herz soll's sein!«

Wie gerne hätte ich ihren Wunsch erfüllt! Gerade bei Eve würde es doch so leicht fallen. Wie gerne erfülle ich anderen Menschen ihre geheimen Sehnsüchte. Und manchmal wundere ich mich, wie wenig es dazu braucht. Ein Lächeln, ein Kompliment, ein Gruß, etwas Speck, frisches Brot, Rotwein. Eve mag Fleisch.

»Aahaahaahaaa. A far l'amore comincia tu. Liebe, Liebe, die soll's sein, die macht mich besonders fein.« Robi sah aus, als wollte sie im nächsten Augenblick lostanzen, quer über die Straße.
Ijana stellte ihr leeres Glas ab und griff nach Robis Arm. »Ich mich fühle euch nicht mehr gewachsen«, sagte sie.
»Hä?«, machte Beate. »Was überfordert dich?«
Langsam drehte sich Ijana ihr zu. »Du«, sagte sie schlicht.
»Wie, ich?«
»Si. Du.«

Wieso ich?, dachte Beate. Warum nicht ihre Robinella? Da hätte ich jeden Eid darauf geschworen. Ihre Robi, die sie zu Guli schickt, statt miteinander ihre Probleme zu lösen. Oder gar über ihre Ängste zu reden. Und nun soll ich es sein, von der sich Ijana überfordert fühlt? Ich habe ihr doch nur erzählt, wie es in mir aussieht, meine Narben habe ich ihr gezeigt.

»Jetzt schaust du mich schon wieder so an, auf diese ganz bestimmte Art. Wenn du so schaust, vermisse ich meine Krebsschwester. Sie ist fort. Weg ist er, mein Krebsbonus.«

»Nun ja.« Beate rieb sich das Ohrläppchen. Es wäre verlogen, es abzustreiten. Wie bei mir wächst ihr seit ihrer Erkrankung ein siebter Sinn. Wie kann ich sie nur davon abhalten, sich in ihre Gefühle hineinzusteigern?

»Schleuderst du gerade?« Beate strich sich eine Silbersträhne hinters Ohr.
Robi tut mir beinah leid. Wenn Ijana von einem Gefühl ins nächste saust, komme auch ich nicht mehr mit. Sie nimmt den direkten Weg von Pol zu Pol. Typisch Schilddrüse.
Nachdenklich ließ Beate ihre Finger durchs Haar gleiten. Ach was. Wer dabei ist, sich zu ändern, rutscht häufig erst einmal ins Gegenteil, dachte sie.
Ijana rieb sich einen Augenwinkel. »Dauernd ich habe das Gefühl, du weißt mehr über mich als ich. Du reagierst immer. Und irgendwie immer anders. Etwas arroganzia es hat auch.«
»Du hast recht.« Beate verschränkte die Arme. »Ich bin arrogant. So what?«
Eve lachte hell. Robi stimmte ein. Zwei Gläser klangen aneinander.
»Verdammt noch mal, natürlich bin ich arrogant!«, zischte Beate. »Ich bin gesund, sagt meine Akte, hochoffiziell mit Stempel. Aber auch nach fünf Jahren bin ich trotzdem immer noch deine Krebsschwester. Das Wissen bleibt. Die Erfahrung der Krankheit. Die Erlebnisse. Das Trauma. Da wollt ihr doch nicht etwa Neutralität von mir erwarten! Diese Erfahrung gibt mir das Recht zur Arroganz. Selbst wenn ich weiß, dass mein Laienexpertentum falsch ist, nicht hilfreich, eher verunsichernd. Auch wenn ich schwarz male oder falsche Hoffnungen wecke, es ist nun einmal da. Ich bin da. Ich. Ich habe überlebt.«
Ijana grinste herausfordernd. »Habe ich es doch gewusst.« Auch sie verschränkte die Arme vor der

Brust. »Jetzt kriege ich dich. Her mit dem Buch. Schreib es, meine Krebsschwester. Meine gesunde, wissende, törichte, arrogante, liebe Krebsschwester.«
»Mein Gott, jetzt hat sie's. Ein Pygmalion-Moment, ein echter Pygmalion-Moment. Und ich bin dabei. Es grünt so grün, wenn Spaniens Blüten blühen.« Eve lehnte sich weit zurück auf ihrem Bistrostuhl. »Jetzt bin ich aber mal gespannt, wie du aus dieser Nummer wieder rauskommen willst, meine liebe, meine geliebte Beate.« Sie verschränkte ebenso die Arme.
»Du hast tatsächlich vor, sie da noch mal entwischen zu lassen? Wo Ijana sie jetzt endlich am Wickel hat? Dafür habe ich dich aber nicht hergebeten.« Robi verschränkte gleichfalls die Arme.
Beate kreuzte ihre Arme vor der Brust. »Selbst aus der Vogelperspektive heraus bliebe es doch immer nur mein eigener Krebs. Nur mit ihm habe ich Erfahrung. Nur hier bin ich die Expertin. Über meinen Krebs habe ich an der Lebensuni promoviert.«
»Das genügt doch. Signora Dottoressa Krebsis causa.«
»Ha, cool!«
Ijana funkelte Beate an. »Wenn ich weiß, wie du es geschafft hast, könnte ich meinen eigenen Weg leichter finden.«
Eve schüttelte den Kopf. »Wie soll denn Beate den Pfad der Selbstheilung in Sätze zwängen, die alle Betroffenen auf ihren jeweils richtigen Weg bringen? Über magischen Irrealismus, schamanische Rituale? Esoterisches Teerühren linksherum?«
Beate ballte die Fäuste. »Was heilt, hat recht. Das Leben ist verrückter als unser Denken. Ich glaube an

den Glauben, liebe Eve. Der versetzt Berge. Ich fliege über ihnen und betrachte meinen Krebs von da oben. Und da liegt das Problem.« Sie legte ihre Hände auf den Tisch. »Kein Buch. Nicht von mir. Das ist der Grund, ich sehe ihn nur noch von oben. Am Rücken bleibe ich hängen. Der gepanzerte, geschuppte, schillernde Rücken. Den umkreise ich. Jede Schuppe würde ich beleuchten, jeden Flecken analysieren. Aber es bliebe doch immer nur der Rückenpanzer. Und was darunter ist?« Beate winkte ab. »Letzten Endes käme ein Roman heraus, der vom ersten Buchstaben bis zum letzten Punkt eine Wiederholung des immer Gleichen wäre. Die Hirnforschung weiß es längst. Das Gehirn speichert die Erkenntnisse, die das Bewusstsein mit Emotionen verknüpft.«
Jetzt sollte es auch Ijana verstanden haben. Selbst wenn meine Biografie sich wieder gefüllt hat, ich mich an vieles wieder erinnere, ergibt das zu wenig Material für einen Roman. Ich bin doch nur ein kleiner, in meine Daten zerlegter Posten in der Gesamtstatistik. Bei allen anderen lief es glatt. Bin ich wirklich die Einzige, die nicht mehr so in den Alltag einsteigen kann, als sei nichts gewesen? Das Internet sagt mir das. Und es gibt Studien, die es bestätigen. Einzelschicksal. Warum sollte ich meine Schwächen in die Welt hinaustragen? Der Krebs hat meinen Ruf als reife, gut entwickelte, selbstverwirklichte Frau vermiest. Es gibt genügend Menschen, die Krankheiten als Strafe Gottes ansehen. Die den Sex ohne schlechtes Gewissen verurteilen. Und ich liebe nicht nur lesbisch, sondern bin obendrein auch noch geschieden.

»Hmm«, brummte Ijana unzufrieden. Sie warf ihr As auf den Tisch. »Hast du vergessen, dass ich deine Krebsschwester bin? Krebsschwestern helfen einander. So gut sie können.« Sie legte alle Karten auf den Tisch. Trumpf stach immer. »Ich brauche dich, Bea.« In ihrem Blatt stand, dass sie meinte, was sie sagte. Ijana sackte in sich zusammen.
»Ich habe keine Lösung für dich.« Nun klang Beates Stimme viel weicher. »Es tut mir so leid.« Nur sie selbst konnte es hören, dass sie immer noch aufgebracht war. »Lösungen gibt es viele. Aber der Roman wäre keine Lösung.« Sie starrte das Tischtuch an.

Wenigstens dieser Ton ist verschwunden, dieses Hier stehe ich, ich kann nicht anders. Wer hat denn die Idee gehabt, du oder ich? Und wer muss jetzt damit fertig werden? Ich oder du? Das war deine Idee. Mir wäre das nicht im Traum eingefallen. Wieso also zerbreche ich mir den Kopf? Ich weiß überhaupt nicht, was da schief gelaufen ist. Ich dachte, zwischen uns wäre alles klar. Dann kommst du mit dieser bescheuerten Idee und machst mir ein schlechtes Gewissen. Der Stoff vom Tischtuch sieht immer noch ganz glatt aus. Und doch hat er kleinste Unebenheiten im Gewebe, die das Auge nicht wahrnimmt. Wie ein Gespräch. Wie wir jetzt. Mir ist nichts aufgefallen, was ich hätte anders formulieren sollen. Warum versteht mich bloß niemand? Kann ich mich etwa immer noch nicht ausdrücken? Hört das nie auf?
Es hat aufgehört. Es ist längst besser geworden.

Ijana hob die Hand. »Pace, mia carissima, pace. Es ist gut. Du musst nicht. Ich dich quäle nicht mehr.«

»Hallo? Das habe ich ja noch nie erlebt von dir.« Robi hätte ihre Ijana am liebsten geschüttelt. »Du resignierst, einfach so? Mamma mia!«

»Regt euch nicht auf.« Eve fischte eine Mandarine aus ihrem Rucksack und begann, sie genüsslich zu schälen. »Ich weiß es besser. Eigentlich könnte sie schon.« Sorgfältig zupfte sie die weißen Schalenfäden von den einzelnen Scheiben. »Sie ziert sich bloß. Erstens.« Ein Stück Mandarine wanderte in ihren Mund. Sie kaute es und schluckte es hinunter. »Zweitens. Wer hat mich beim Dativ korrigiert? Sie kann es also.« Wieder kaute und schluckte Eve. »Selbst der Konjunktiv wäre längst kein Problem mehr. Somit drittens.« Das nächste Mandarinenstück verschwand. »Viertens. Wer entwirrt mir denn regelmäßig den roten Faden, wenn ich mich mal wieder in einer meiner Geschichten verheddert habe? Wer hat mir erklärt, dass die Krähen in der Stadt zwischen No-Name und Markenfutter unterscheiden können?« Sie machte eine Pause und sah, weiter pulend, von einer zur anderen. »Und nicht nur das, sie wählen die Marke. Das wäre fünftens. Fakten, Fakten, Fakten. Beate vergisst nichts, was auch nur irgendeinen Bezug zu ihrem Text hat.«

Eve, meine Eve? Niemals fällst du mir in den Rücken, dachte Beate. Wenn du nur wüsstest, nur ahntest, was ich veranstaltet habe, um wieder dahin zu kommen! Nach einigen Fehlstarts habe ich meinen Weg gefunden. Es fing ganz harmlos an. »Schau doch mal«, bat

eine Kollegin und mailte ihren Text. »Irgendetwas stimmt da nicht, nur was?«, und ich habe mit ihr die Geschichte durchgearbeitet, die dann in eine renommierte Anthologie aufgenommen wurde. »Was hast du da eigentlich gemacht?«, wunderte sich die Autorinnenkollegin. »Es ist, als hätte ich mit dir das Alphabet des Schreibens neu gelernt. Von A wie Ausarbeiten über D wie Dramaturgie und R wie Rhythmus bis hin zu W wie Wortwahl«, gestand sie mir. Ich weiß noch, wie verlegen ich wurde. »Bei Z wie Zeichensetzung haben wir beide wohl ein bisschen geschwänzt.«
»Dafür gibt es das Korrektorat«, war meine Antwort. »Ich bin nur für die Story zuständig. Das andere macht das Lektorat.« So war es.
Bald darauf fand mich Bernd Breitenmoser, mein literarischer Stiefelknecht. Allmählich schlich sich mein Schreiben zurück. Das Fantasieren, das Fabulieren, das Löschen, das Feilen, der Rausch, der mir das Erleben des Augenblicks wieder möglich machte.

»Schreiben«, sagte Beate endlich, »ist ein Ritt entlang endloser, verwirrender Pfade. Dafür braucht es einen zuverlässigen Kompass. Bei meinem zittert die Nadel, er ist defekt.«
»Willst du es nicht noch einmal versuchen, das Rausreden? Vielleicht ist es beim nächsten Mal überzeugender.« Eve hob die Hand. »Gimme five, Ijana.«
Die klatschte sie ab und grinste breit.
»Bei dem Thema erwartet man Wegweisendes von mir. Ja, bin ich denn Rosa Luxemburg, bei der jedes Wort gesessen hat?«, empörte sich Beate.

»Papperlapapp. Wer für den Markt schreibt, schreibt dem Trend hinterher. Du musst dir selbst treu sein, authentisch. Dann wirst du auch gelesen.«

»Ja«, sagte Ijana. »Autentico. Schreib wie du bist. Schreib an deinem Leben entlang. Schreib es ab. Und das machst du im Gartenhäuschen von Guli.«

Beate lehnte sich zurück. »Mir ist nicht nach Rumalbern. Das Leben abschreiben!« Sie schüttelte sich.

Vor der Erkrankung spielte ich in meinen Geschichten mit biografischen Details. Hier änderte ich ein Vorzeichen, zog dort das Tempo an, erfand psychologisch stimmige Seitenthemen, führte einen fachlichen Kontrapunkt mit rhythmischen Modifikationen durch die Textfuge und lauschte schließlich selbst ganz begeistert dem neuen Bezugsrahmen. Das hatte ich bereits im dritten Semester draufgehabt. Meine Leserinnen schätzten das fragile Gleichgewicht zwischen Fakten und Fiktion. Und jetzt ein klar autobiografischer Roman? Wie, bitteschön, soll ich da die Balance wahren? Krebs ist ein lebenslanges Schicksal. Der Wirrwarr, das Hin und Her, krank sein, gesund sein, dabei Strategien zu entwickeln, mich mit dem ständigen Gleichzeitig abzufinden, im unbeständigen Werden mein Glück zu finden, das braucht Zeit. Die gleiche Zeit, die ich für dieses Buch benötigen würde.

»Bei mir ist es so«, sagte Eve, »wenn meine bewährten Schreibmuster nicht mehr funktionieren, dann erarbeite ich mir neue, schon in der Auseinandersetzung mit dem Text. Das ist einfach, Ijana.«

»Es gibt also Tricks?« Ijana sprang auf und wäre fast auf Robis Schoß gelandet. »Sag sie ihr. Sag ihr deine Tricks. Und dann los mit dem Roman!«

Robi hielt Ijana noch ein Weilchen fest. »Du hast verschiedene Methoden?«, fragte sie Eve. »Für jedes Märchen einen eigenen Zauber? Hut ab.«

Beate hielt die Luft an.

»Tricks würde ich das nicht nennen.« Eve betrachtete ihre Fingernägel. »Schreiben ist individuell. Abgestimmt auf die Person, den Text, die Situation. Beate beispielsweise hat bisher von Anfang bis Ende in einem durch geschrieben. Und jetzt soll das nicht mehr gehen? Gedächtnis konfus? Kompass defekt? Dann schreibst du eben immer nur so weit, wie du sehen kannst. Und damit der große Bogen nicht verloren geht, legst du Karteikarten mit Personendetails und so weiter an. Das wird sowieso empfohlen. Und am Ende der Tour helfe ich dir als Alphaleserin.«

Mit einem langen, tiefen Pfeifen atmete Beate aus. »Stück für Stück. Also Patchwork. Ein Tuch aus Resten, die für nichts anderes mehr taugen. Fetzen und Lumpen. Dankeschön, liebe Eve.«

»Guli liebt Quilts. Sie hat es immer gemocht, wenn aus winzig kleinen Teilen ein großes Bild entsteht.« Diskret schob Robi Ijana von ihrem Schoß hinunter. »Hast du schon eine Übersetzerin, für Italienisch?«

»Also Guli soll jetzt auch noch Zielgruppe sein?« Beate spürte, wie ihr Hals immer enger wurde.

»Was für eine faszinierende Idee! Ein Quilt.« Eve liebte Handarbeit, wenn sie nicht selber die Fäden vernähen musste. »Einer, der gleich mehrere Zielgruppen abdeckt. Da ist dann aber nichts auszurichten mit heißer Nadel. Dann heißt es, konzentriert und kontrolliert ans Werk zu gehen, meine liebe, meine gute Beate.« Beherzt sprang sie ins nächste Fettnäpfchen. »Fang doch an mit etwas, was einen natürlichen Ablauf hat.« Sie dachte nach. Als ihr die Lösung dämmerte, sprang sie nicht auf und schrie »Heureka!«, sondern wartete geduldig auf Beates Reaktion. Sie wusste, wie sehr die es hasste, wenn Eve vor ihr erkannte, was noch in ihrem Kopf herumgeisterte. »Rekonvaleszenz. Da hätte ich genügend Stoff.« Beate überlegte. Es musste ja nicht unbedingt ihr eigener Krebsberg sein. Den konnte sie allenfalls als Ideensteinbruch nutzen. Dann brauchte sie nicht über sich selbst zu schreiben. Sie tastete nach der Narbe unterhalb des Schlüsselbeins.

In der Ferne gellte ein Martinshorn. Es kam näher. Mit quietschenden Reifen bog ein Rettungswagen um die Ecke und preschte in Richtung Marktplatz. Beates Haare flatterten. Sie sah ihm nach. »Ich habe Angst, Eve«, gab sie zögernd zu. »Sollte ich mich mit ihm beschäftigen, ein ganzes Jahr lang, dann wird der Krebs wieder erwachen. Geweckt von mir selbst.« Eve drückte ihre Hand. »Er ist wie eine Tochter«, flüsterte sie Beate zu. »Wenn wir sie missachten, dann macht sie uns das Leben zur Hölle. Ich will eine glückliche Familie. Und ich will dich. Für mich.«

Beate spürte, dass eine Phase dem Ende entgegensteuerte. Eine Abzweigung stand bevor. Was diese bedeutete, war für sie noch nicht zu erkennen. Vielleicht war es eine Kurve, die sie auf die Hauptstraße führte, zurück zu den Menschen in ihrem Viertel, dorthin, wo auch die Angst vor Verlust und Trennung daheim war.

»Ich weiß, ich war zu offen«, sagte Eve. »Ich habe dich überrumpelt mit meinem Antrag. Ich bin nun mal Romantikerin. Eine Träumerin. Als Autorin darf ich das. Und als Märchenerzählerin gleich doppelt.«

»Ah«, mischte sich Robi ein. »Aber geheiratet wird auf der Acienda. Und Guli kocht das Hochzeitsessen.«

»Waaas?« Ijana konnte es nicht fassen. Robi grinste nur. »Mario habe ich im Weinberg gekündigt. Ab sofort hilft er Guli im Garten. Und seine Renata kommt nicht nur zu uns putzen, sondern greift meiner Mamma unter die Arme. Ab heute essen wir immer gemeinsam zu Abend. Das habe ich beschlossen.«

Ijana umarmte sie. »Danke«, flüsterte sie, »grazie, mille grazie, Robinella mia.«

»Ti amo, Ijana. Ti amo.«

»Wann werde ich zu eurer Hochzeit eingeladen?« Beate räusperte sich. »Das Leben ist kitschiger als jedes Groschenheft.«

»Ohne mich gehst du da aber nicht hin. Auch nicht zu deiner eigenen.« Eve zwinkerte Beate zu. »Untersteh dich. Vielleicht, wenn ich Ijanas Brautstrauß fange? Wer weiß?«

»Wer weiß? Vielleicht fange ich Robis Brautstrauß. Wer weiß?«

»Und ich weiß«, meldete sich Ijana, »was mein Hochzeitsgeschenk sein wird.« Sie nahm Beates Hand und

sah ihr in die Augen. »Tu es, ti prego. Schreib es, für mich.«
»Und für mich.« Robi griff nach Beates anderer Hand.
»Und für mich«, bekräftigte Eve. Sie stellte sich hinter Beate und legte ihr die Hände auf die Schultern. »Lass mich dir helfen. Zu zweit schaffen wir das.«
»Ist ja gut«, sagte Beate mit süßrauer Stimme, »vielleicht fange ich an.«
»Vielleicht fällt uns auch noch die Form ein, in die du den Roman gießen kannst. Aber erst nach dem Abendessen.« Eve schaute auf die Kirchturmuhr. »Ich habe Hunger.«
»Dann lasst uns jetzt gehen«, sagte Robi. »Meine Mutter hat sicher schon den Tisch gedeckt.« Sie zog ihr Telefonino aus der Tasche.
»Ciao, Mamma«, hörte Beate noch und schon klang ein melodiöser Alt aus dem Hörer. Energie und Lebhaftigkeit sprühten förmlich aus dem Apparat. Eve zwinkerte ihr zu. Beate rückte ihren Stuhl an den Tisch.

Ein Krebsroman, dachte sie. Bernie, duck dich. Das wird ernst. Was für ein Stoff. Entwickle ich den in Episoden oder fließt die Geschichte, erzähle ich linear, springe ich, wie verhalten sich die einzelnen Personen? Ich muss herausfinden, was sie fühlen und wie sie es zeigen. Wie heißen sie, wie sehen sie aus, was ist mit Gender, Herkunft, sozialer Schicht? Haben sie Sex? Miteinander? Wenn ja, warum nicht? Moment mal. Halt. Stopp. Spinn hier nicht rum. Wie viele Personen sind es eigentlich? Wie sollte der denn aussehen, so ein Roman? Wie verpacke ich das Ganze? Fünf Jahre Leben im Nichtleben. Und das dann, bitteschön, ohne dass es weinerlich klingt. Ich kann doch nicht einfach zwei Frauen in ein Café setzen und die reden und reden und reden lassen.

Ihr Gesicht spiegelte das Entsetzen, das sie zu überwältigen drohte. Nein. So etwas will ich auf keinen Fall lesen. »Nein.« Beate erschrak über ihre Lautstärke. Nein. Ihr eigenes Flüstern hielt sie zurück, gerade noch.

Weitere Bücher von Sandra Wöhe

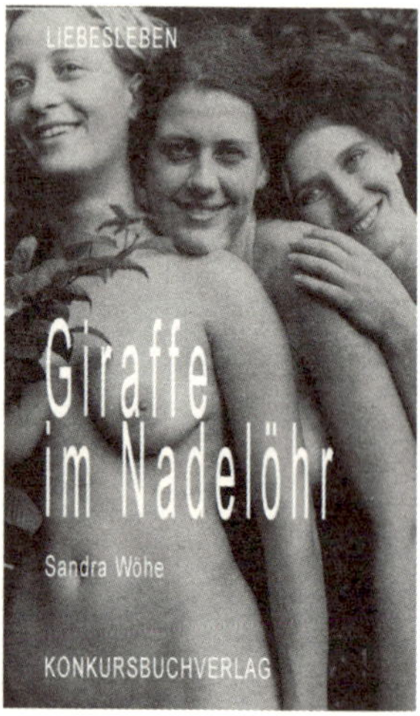

Giraffe im Nadelöhr

Erotischer Roman, 320 Seiten,
Klappenbroschur, Fadenheftung
ISBN 978-3-88769-719-8

Auf Wunsch ihrer Freundin Brigitte fährt Inge mit in das Frauenferienzentrum. Brigitte hofft, dort endlich in Ruhe mit ihrer Freundin über ihre Beziehung reden zu können. Doch stattdessen beginnt sie mit einer anderen Kursteilnehmerin zu flirten. Und teilt Inge schließlich mit, dass neue Freiheiten ausprobiert werden müssten. Inge, wegen ihrer langen Beine von Brigitte zärtlich „meine Giraffe" genannt, tobt vor Eifersucht. Doch der Schein trügt ... und erst viele Turbulenzen später klärt sich die Situation.

„Sandra Wöhe schreibt in einer lockeren Art und Weise, die frau nur fesseln kann." (gaypeople.de)

Die indonesischen Schwestern

Roman, 288 Seiten,
Klappenbroschur, Fadenheftung, ISBN 978-3-88769-767-9

Ein Roman über die Pubertät von drei Schweistern indonesischer Herkunft in einem Dorf in Nordrhein-Westfalen. Die alleinerziehende Mutter Phyllis meistert die Dramen des Erwachsenwerdens ihrer Töchter in einer Mischung aus robustem Pragmatismus und indonesischen Naturvorstellungen.

Sie sind Fremde, auch wenn sie perfekt deutsch sprechen. Drei Jahre leben sie nun schon dort.

Der Roman beginnt an dem Tag, an dem eine der Schwestern, selbst noch lange nicht erwachsen, ein Kind bekommt. In den folgenden vier Jahren, aus denen je ein Tag erzählt wird, passiert viel im Leben der Schwestern, sie werden erwachsen, verlieben sich, eine von ihnen liebäugelt mit dem Islam, eine andere wird lesbisch, sie driften in unterschiedliche Richtungen und dann gerät eine Gefahr …

„Vier unterschiedliche Lebensgeschichten in einer einzigen rein weiblichen Familie spiegeln die komplexe interkulturelle Situation wider." (Schwäbisches Tagblatt)

„Der Autorin gelingt es beeindruckend, die immerwährende Integrationsdebatte mit Leben zu füllen." (Lesarion)

Thrillerreihe

Regina Nössler,
Wanderurlaub

Thriller, 384 Seiten,
Klappenbroschur, Fadenheftung,
ISBN 978-3-88769-780-8

Sie begegnen sich das erste Mal im Hotel. Ehepaare, Singles, Freundinnen. Sie haben einen Wanderurlaub auf der Insel gebucht. Doch auch die Probleme reisen mit. Ehepaare streiten sich, die Singlefrau träumt von aufregenden Begegnungen, Eva und Rebecca giften sich an, denn Eva hatte keine Lust auf Wandern und Urlaub in einer Gruppe. Dann sind sie unterwegs. Der Wanderführer geht viel zu schnell. Die Stimmung in der Gruppe wird täglich schlechter. Unterschwellige Feindschaften entstehen. Die Wanderungen führen durch die berauschend schöne Natur der Insel, ein Wanderparadies. Das Wanderparadies birgt Gefahren: Steile Schluchten, Abgründe, plötzliche Wetterwechsel. Doch die eigentliche Gefahr lauert nicht in der Natur!

„Ein ziemlich böser Krimi, bis zur letzten Seite spannend. Die letzte Seite darf man auf keinen Fall verpassen!" (Hadwiga Fertsch-Röver, HR)

Reihe Liebesleben

Ulrike Voss,
Das dritte Mal

Erotischer Roman, 288 Seiten,
Klappenbroschur, Fadenheftung,
ISBN 978-3-88769-785-3

Ein Wochenendseminar. Es kommt zu einem heißen One-Night-Stand zwischen der Studentin Anna und Dozentin Beate. Doch Beate ist liiert, die beiden verlieren sich aus den Augen. Eines Tages treffen sie sich wieder. Die Liebesgeschichte nimmt ihren Lauf, mit Höhen und Tiefen, Affären, Streit und Versöhnung. Doch dann scheint jemand sie zu verfolgen. Beates Ex? Auch werden Beates Probleme mit Nähe und Distanz zunehmend belastender. „Voss schafft es, diesem komplexen Thema Platz zu gönnen und dabei die Leichtigkeit ihres Erzählstils beizubehalten." Als Beates Vater stirbt, erbt sie das verfallene Elternhaus und kann ihrer Vergangenheit nicht länger ausweichen. „Ein intelligenter und unterhaltsamer Liebesroman mit viel Erotik und Tiefgang."

Impressum

PF 1621, D – 72006 Tübingen
Telefon: 0049 (0) 7071 66551 und +78779
Fax: 0049 (0) 7071 63539 und +763780
www.konkursbuch.com
E-Mail: office@konkursbuch.com
Gerne schicken wir Ihnen auch unser
gedrucktes Gesamtverzeichnis.

Gestaltung: Verlag & Freundinnen
Lektorat, Fotos auf Titel- und Impressumsseite: Sigrun Casper

ISBN Buch: 978-3-88769-793-8
ISBN E-Book: 978-3-88769-960-4